JN073648

反桐乃
ka kirino

群の全て
でこなす

く愛する

来栖加奈子
kurusu kanako

ト。
意で、アニメ「星くず☆
のメルルにそっくりのた
芸能活動をすることも。

高坂京介
kosaka kyosuke

妹の桐乃と違って平凡な高校生。
世話焼きな性格で、長いこと口もきかない冷戦状態だった桐乃の「人生相談」にも協力している。

田村麻奈実
tamura manami

京介の幼馴染。間延びしたしゃべり方をするマイペースな性格。
あやせから「お姉さん」と慕われている。

©TF/AMW/OIP2

愛いわけがない⑰ 加奈子 if
登場キャラクター

高
kos

容姿端麗、成績優秀、運動神経抜
を兼ね備えた完璧超人で、モデルま
イマドキの中学生。
その一方で、アニメやゲームをこよな
オタクである。

ジーナ
geena

を包む、
『オタ
京介と
の参加
を広げ

新垣あやせ
aragaki ayase

桐乃のクラスメイトでモデル仲間。

桐乃とは学校・仕事の両方で付き合う親友。オタク嫌い。

おしとやかで人当りも良いが、京介に容赦ないツッコミをしたり思い込みが激しい一面も。

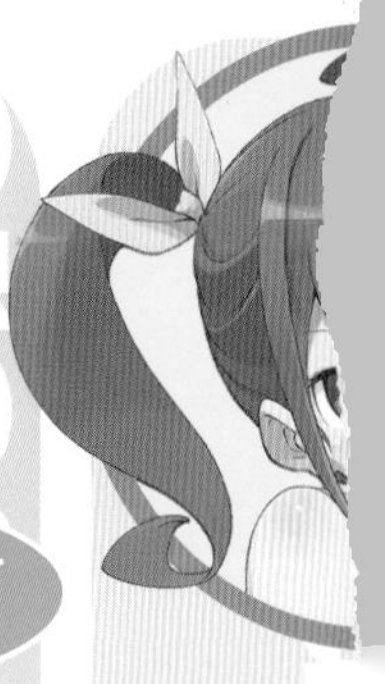

桐乃のクラスメ
歌やダンスが
うぃっちメルル
め、コスプレし

これでも成長してるんだからな！

Story & Characters

俺の妹がこんなに

あらすじ&

『俺の妹』のこれまでの話

ごく普通の高校生である高坂京介には、桐乃
いう不仲の妹がいる。
ある日、京介は妹の『とんでもない秘密』を知
てしまう。
完璧な妹だったはずの桐乃は、妹とエロゲー
愛するオタクだったのだ。
生意気で可愛くない妹からの『人生相談』を
けた京介は、様々な騒動に巻き込まれていく。

黒猫
kuroneko

オフ会で知り合った桐乃のオタク友達。
中二病的な痛々しい言動をするが、家
庭的な一面もある。ゲームが得意。

沙織・バ
saori・vo

典型的なオタクファッションに身
背の高い少女。SNSコミュニティ
クっ娘あつまれー』の管理人。
桐乃は、沙織が開いたオフ会へ
をきっかけに、オタクな交流関係
ていく。

俺の妹がこんなに可愛いわけがない

17

加奈子if

伏見つかさ
Tsukasa Fushimi
Illustration・かんざきひろ

前書き

本書は、PSPゲーム『俺《おれ》の妹《いもうと》がこんなに可愛《かわい》いわけがないポータブル』及び『俺《おれ》の妹《いもうと》がこんなに可愛《かわい》いわけがないポータブルが続くわけがない』に収録されている加奈子《かなこ》編に加筆し、小説化したものです。

ゲームでは、あやせ編で、京介《きょうすけ》が加奈子《かなこ》に正体を明かすことでシナリオが分岐し、加奈子《かなこ》編をプレイすることができました。多くの方に本書を楽しんでいただけるよう、冒頭に『これまでのあらすじ』を用意しましたので、よろしければご一読くださいませ。

【これまでのあらすじ】


ごく普通の高校生である高坂京介《こうさかきょうすけ》には、桐乃《きりの》という妹がいる。

実はオタクな超美少女、高坂桐乃《こうさかきりの》の『秘密』を守るため、京介《きょうすけ》は奮闘してきた。

そんな日々の中、京介《きょうすけ》は桐乃《きりの》のクラスメイトである**新垣《あらがき》あやせ**、**来栖加奈子《くるすかなこ》**らと出会う。

妹の友達から、さんざんな評価を受ける京介《きょうすけ》だったが、唯一自分をかばってくれたあやせに、好感を抱く。

しかし、潔癖でオタク嫌いのあやせが、桐乃《きりの》の秘密を知ってしまう。

妹から『人生相談』を受けた京介《きょうすけ》は、あやせと桐乃《きりの》の大喧嘩《げんか》を収めるため、自らを犠牲にした嘘《うそ》を吐く。

あやせに嫌われてしまった京介《きょうすけ》。ところがある日、あやせから桐乃《きりの》に関する相談を受ける。

『桐乃《きりの》』の秘密について、あやせが相談できる相手は、大嫌いな京介《きょうすけ》しかいないのだ。

桐乃《きりの》が喜ぶようなプレゼントをしたい。

そう打ち明けられた京介《きょうすけ》は、桐乃《きりの》が愛するテレビアニメ『星くず☆うぃっちメルル』のコスプレ大会、その優勝賞品である『非売品フィギュア』をプレゼントするのはどうかと提案する。

えっちなコスプレをさせようとした京介《きょうすけ》を蹴り飛ばしたあやせは、騙《だま》して連れてきた加奈《かな》子《こ》を自分の代わりに出場させ、優勝賞品を入手しようと目論《もくろ》む。

加奈《かな》子《こ》は、『星くず☆うぃっちメルル』の主人公、赤星《あかぼし》める（メルル）にうり二つだったのだ。

その際、京介《きょうすけ》は『モデル事務所のマネージャー、赤城《あかぎ》浩平《こうへい》』として、加奈《かな》子《こ》に紹介される。

京介《きょうすけ》の顔をすっかり忘れていた加奈《かな》子《こ》は、それをあっさりと信じ込んだ。

幾度もあやせの相談に乗っているうち、京介《きょうすけ》が吐いた『あやせと桐乃《きりの》のための嘘《うそ》』が、バレてしまう。あやせは京介《きょうすけ》に謝罪し、二人の新たな関係が始まった。

『桐乃《きりの》の趣味を理解したい』と言うあやせのため、京介《きょうすけ》は、彼女を夏コミへと連れていく。

会場で出会った、桐乃《きりの》のオタク友達であり京介《きょうすけ》の後輩でもある**黒猫《くろねこ》（五更《ごこう》瑠璃《るり》）**は、あやせと楽しそうに会話する京介《きょうすけ》を見て、激しく動揺する。

京介《きょうすけ》をひそかに慕う彼女は、受験生である京介《きょうすけ》を慮《おもんぱか》って、積極的なアプローチができずにいたのだ。優しき心を暗黒に染め上げた黒猫《くろねこ》は、自らを復讐《ふくしゅう》の天使〝闇猫〟と呼称する。

そして、そのすぐ後——。

京介《きょうすけ》とあやせは、企業ブースのメルルステージにて、加奈《かな》子《こ》と遭遇した。

物語は、ここから始まる。

kanako if

第一章

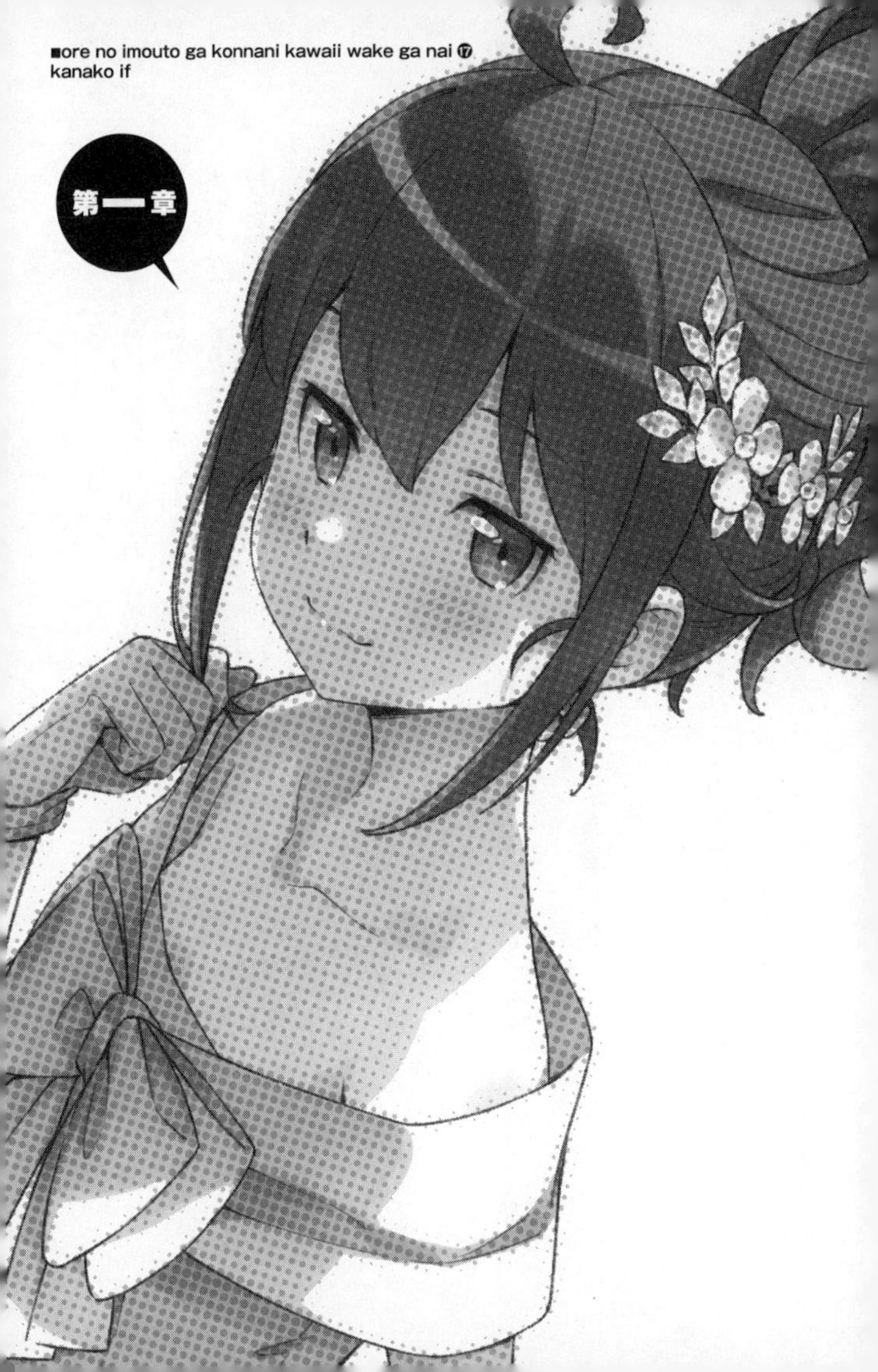

これからするのは、到底ありえねー話だ。

まさか、この俺が、よりにもよってあいつと付き合うことになるなんて。

当時の俺に話したって、鼻で笑われるのがオチだろうよ。

だがな。

誰がなんと言おうと、真実だ。

自信を持って語らせてもらう。

と、威勢よく切り出したはいいが……どうしたもんかね。ちと伝えるのが難しい話なんだ。

どっから話したら分かりやすいもんか——うん、やっぱり、あそこからだな。

新垣《あらがき》あやせを覚えているか？

俺の妹・桐乃《きりの》の親友で、モデル仲間。オタク趣味を嫌っていて、思い込みが激しくて、怒ると怖い、あのあやせだ。

俺の好みドストライクの黒髪美少女で、セクハラすると超楽しい、あのあやせだよ。

まずはこいつのことを思い出してもらわねーと、話が始まらん。

あやせは、これからする話で、超重要人物ってやつなんだ。

かつて、あいつは、俺のことを桐乃《きりの》を誑《たぶら》かした『変態鬼畜兄貴』だと思い込んでいた。

だが、色々あって、その誤解は解けて——解けたことがきっかけになって。

俺は、高校三年生の春から夏までの時を、あやせと共に過ごしたんだ。いや、もちろん、付き合ったとかじゃなくて。ただ、桐乃《きりの》関連の相談をされてただけだけどな。

そんでも、かなり関係は改善されてきてたんだ。

何度も相談に乗ってやって、着信拒否をよ～～～やく解除してもらって、ときにセクハラしたりして、もしかしたらこの調子でどんどん仲良くなっていけば、ワンチャンあるんじゃねえの？　って期待しちまう程度にはだ。

だけど、そうはならなかった。

俺よりもずっと強い意志で、望む未来を引っ張ってきた、誰かさんがいたせいだ。

俺なんぞよりも、ずっと主人公らしいあいつが、俺の心を全力で奪い取っていったからだ。

ターニングポイントは、きっとあの時。

この物語は、俺──高坂京介《こうさかきょうすけ》が高校三年生だった年の八月中旬。

夏コミ三日目の、あの瞬間からスタートする。

大事なことだから、宣言しよう。

これは、俺──高坂京介《こうさかきょうすけ》と、新垣《あらがき》あやせの物語じゃない。

俺と黒猫《くろねこ》の物語でも、俺と妹の物語でもない。

俺と加奈子《かなこ》の物語だ。

来栖《くるす》加奈子《かなこ》。

ピンク色の魔法少女『星くず☆うぃっちメルル』のコスプレをしている、ツインテールの少女。

桐乃《きりの》とあやせのクラスメイトで、かつて俺が『モデル事務所のマネージャー』として世話をしてやったこともある。

そんな相手。

彼女は、あやせと並ぶ俺を見て、不思議そうに首を傾《かし》げた。

「ん～……どっかで見たことあんだよなぁ～」

いまは、夏コミ三日目。

現在位置は、国際展示場、メルルステージのすぐそばだ。

『桐乃《きりの》の趣味を理解したい』

そんなあやせの相談に応えるため、ふたりで国際展示場へとやってきた俺たちは、そこで加《か》奈子《なこ》と出くわしたのだった。

『桐乃《きりの》の兄』である俺──高坂《こうさか》京介《きようすけ》の顔を、すっかり忘れているらしい加奈子《かなこ》。

メルルの公式コスプレイヤーとして活躍中の彼女は、ライブのために夏コミ会場へとやってきたのだという。

もちろんこいつに『桐乃《きりの》の趣味』がバレるわけにはいかない。

ここに、あやせと俺が来ている本当の理由を、明かすわけにもいかない。

慎重に対応せにゃならん場面だった。

「ねぇ、あんたさー。加奈子《かなこ》とどっかで、会ったことね？」

「おいおい、覚えてないのかよ」

だってのに、こんときの俺は、マジでどうかしていたんだ。

まるで選択肢を決定されたエロゲ主人公のように——

「ほら、これで分かるか？」

前髪を上げて、オールバックにしてみせた。

「ああ——っ⁉　マネージャーじゃん！」

加奈子《かなこ》は大声を上げて、俺の顔を指差してくる。

「やっと思い出したか」

「思い出した思い出した！」

興味のない人間の顔を覚えない。

そんな加奈子《かなこ》も、さすがにこっちの俺は、覚えていてくれたらしい。

「でもあっれー？　マネージャーさあ、加奈子《かなこ》にセクハラしたのが事務所にバレて、クビになったんじゃなかったのかよ？」

「誰だオマエにそんな失敬なことを吹き込んだやつは！」

「あやせ」

「あ、あやせェ〜〜ッ」

となりのあやせを睨《にら》み付《つ》けると、彼女は加奈子《かなこ》に聞こえないくらいの小声で、

「……しょ、しょうがないじゃないですか。うまい言い訳が思いつかなかったんですよ」

一理ある。

俺は、偽《にせ》マネージャーだったわけだし。あやせとしては、俺が事務所にいない理由を、加奈《かな》子《こ》に説明せにゃならん。

「だからってな……」

でっちあげた『理由』がひどすぎるだろ。私怨《しえん》を感じるぞ、あやせ……。

「あのさー」

頭を抱える俺に、加奈子《かなこ》が軽い調子で言う。

「おまえ、なんでそーゆーとき、加奈子《かなこ》に相談しねーの？」

「えっ？」

「そしたらマネージャーはセクハラなんかしてねーって、口利《き》いてやったのに。バッカだなー」

「おまえ……」

意外すぎるお叱りの言葉に、俺は目を丸くする。

え？　加奈子《かなこ》……俺をかばってくれるつもりだったわけ？

「……そりゃ、未来のスーパーアイドルかなかなちゃんのおしりを触ったのは万死に値するけどよー、クビにすることないと思うんだよね」

「おい、セクハラが事実であるかのように言うのをやめろ」

　俺は無実だ。

「でも、加奈子《かなこ》のおしり」

「さわってねぇ」

「だっけ？　ま、どーでもいいけどぉ」

　こ、こいつ……相変わらずだな。

　自分にとってどうでもいいことは、マジで軽く扱う。気にせず、すぐに忘れてしまう。

　来栖《くるす》加奈子《かなこ》は、そういう女なのである。

「えっとぉ……てことはぁ。マネージャーも、加奈子《かなこ》のステージ観《み》にきたの？」

「おう、そうだぜ。なんたって俺は、おまえのファン第一号だからな」

　俺の適当な言葉に、気をよくしたらしい。加奈子《かなこ》の頬に赤みが差した。

「……ふーん。義理堅いトコあるじゃんか。そーゆーことなら、関係者席用意してやんよ」

「お、いいのか？」

「もち！　任せとけって～」

「ひひっ、加奈子《かなこ》のステージ、応援しててくれよな！」

最高の笑顔。

こいつのファンが熱狂するのも、ちったあ分かる気がしたよ。

そう。

きっとここが、運命の分水嶺《ぶんすいれい》だった。


そうして……。

何事もなく夏コミが終わり、いつもの日常が戻ってきた。

夏休みもあと半月。さあて、なにをして過ごそうか。

そんなことを考えていると、我が家にインターホンの音が鳴り響いた。

――桐乃《きりの》が頼んだゲームでも届いたのか？

家にいるのは俺ひとりだ。仕方なく階段を降り、扉を開ける。

するとそこにいたのは、意外な人物だった。

「おまえは……」

「ちーっす」

昨日ぶりの来栖《くるす》加奈子《かなこ》が、生意気そうな顔でニヤけている。

一瞬ドキリとしたが、慌てず騒がず対応しよう。

どうせ『興味のない俺』の顔なんか、また忘れているだろうし。

「いらっしゃい。……悪いが、桐乃《きりの》ならいないぞ」

妹は、朝からあやせと、どこかに出かけていったのだ。

さあ、これでもう用はねーだろ。さっさと帰りやがれ。

そういう意図を含めて言うと、

「いひひ、知ってるっつーの」

加奈子《かなこ》は、意地悪そうにキバを見せてくる。

「つーかぁ～、今日は桐乃《きりの》じゃなくてぇ、桐乃《きりの》のお兄さんに会いにきたんですぅ」

「え？　俺に？」

こいつが俺に、なんの用があるってんだ？

首をひねった俺だったが、続くヤツの台詞《せりふ》で凍り付く。

「また会ったね～。――マネージャーさん♪」

「げっ……!?」

こ、こいつ……ッ！

俺が動揺したことで、加奈子《かなこ》は確信を深めたのだろう。

「はは｜ん、やっぱそうだったのかよ」

くっ、バレた……！

なんてこった――

加奈子《かなこ》は興味ないやつの顔を覚えないから、『マネージャーとしての俺』と『桐乃《きりの》の兄』を結びつけることはないだろうと高をくくっていたのに……！

思考を巡らす俺の面前で、加奈子《かなこ》は、性悪な探偵のような口調で、ゆっくりと問い詰めてくる。

「ねぇ……これってよー……どういうコト？　ひひ」

「……い、色々と理由があってだな」

「なんで『桐乃《きりの》の兄貴』と『マネージャー』が同じ人なわけぇ？」

「ぐ……！」

核心を突いてきやがった！

どう答えたものか……。

あやせの頼みで、加奈子《かなこ》の偽《にせ》マネージャーをやっていた――というのが真相なのだが。

正直に話してしまうと、芋づる式に桐乃《きりの》の趣味までバレかねない。アレは、あやせが『桐乃《きりの》へのプレゼントを獲得するため』の企《たくら》みだったからだ。

——くそっ、加奈子《かなこ》め……！

歯を食いしばって懊悩《おうのう》する俺に、加奈子《かなこ》は言う。

「ふぅ〜ん、ワケありなんだ。——ひひ、別にマネージャーのジジョーなんかキョーミないし
い〜、このまま忘れてあげてもいーんだけどぉ〜」

……意地悪そうな顔しやがって。

「でもぉ、人としてさぁ〜、なんかあってもいーんじゃねー？」

「……分かったよ。俺はなにをすればいいんだ？」

そう言うしかなかった。ことはすでに、俺だけの問題じゃあない。

『桐乃《きりの》の秘密』がバレるかどうかの瀬戸際《せとぎわ》でもあるんだ。

すると加奈子《かなこ》は嬉《うれ》しそうに、

「おっ、物分《ものわ》かりい〜じゃ〜ん？」

そりゃあな。ワガママな妹のおかげで、おまえらの言いたいことはなんとなく分かるんだよ。

諦めの吐息を漏らす俺に、絶対的優位に立った加奈子《かなこ》は、最初の命令を下す。

「じゃ、まずは名前教えてよ」

「京介《きょうすけ》だ。高坂京介《こうさかきょうすけ》」

「んじゃ、京介《きょうすけ》。メシ食いにいこーぜ。あんたのオゴリで」

「へいへい。了解しましたよ」

こんときの俺は、やむを得ず、意地悪なクソガキの要求に応えることにしたのだ。

初対面のとき、加奈子《かなこ》の印象は最悪で……その後マネージャーとして接するうちに、ちっとはいいとこあんじゃねーかと見直して。

たったいま、再び最悪な印象へと逆戻り。

それが、まさか——なぁ。

人生ってのは分からんもんだぜ。


——っつーわけで。

俺と加奈子《かなこ》は、近場のファミレスへとやってきた。

対面で座るや、メニューを開いた加奈子《かなこ》は、無邪気な声を張り上げる。

「えっとね～、加奈子《かなこ》ぉ、ハンバーグセットとぉ、フルーツパフェとぉ、白玉あんみつとぉ」

「いい加減にしろ。頼みすぎだデブ」

「ああん⁉　いまなんてった⁉」

「バカバカバカバカ注文しやがって。遠慮ってもんを知らねえのか。そんなんだからオナカがぷにぷになんだテメーは」

「ぷにぷにってゆーな！」

ちょっぴり涙目になって抗議してくる。

どうやら俺のツッコミが、弱点にヒットしたらしい。

加奈子《かなこ》は、ぐぬぬ顔で、低い声を出す。

「あのよー、おまえ……自分の立場分かってんの？」

「分かってるっつーの。だからこうして飯オゴってやってんじゃねーか。感謝しやがれ」

「そーじゃなくてさー」

「なんだよ」

「せっかく加奈子《かなこ》が弱みを握ったんだからぁ……もっと……なんてゆーかこう」

言葉をさまよわせた末、加奈子《かなこ》はこんな要求をしてきやがった。

「ドレイっぽい態度で接して欲しーんだよね」

「すげえこと言うなおまえ」

逆に感心するわ。

「そこまで率直に欲望を口にできるやつ、妹以外で初めて見たぜ」

断じて褒めたつもりはなかったが、加奈子《かなこ》はホクホク顔になる。

「加奈子《かなこ》ぉ、何でも言うこと聞いてくれる男が、欲しかったの」

ませたこと言いやがって。

「淑女《レディ》相手にしてるんだからぁ～、口の利《き》き方に気を付けろよな」

「ぷっ！　淑女《レディ》ｗｗｗｗ」

思いっきり噴き出してしまった。完全にツボに入っちまった。

「な、なに笑ってんだっ！」

「いやいや、笑ってない。笑ってないよ」

「ウソつけっ！　絶対笑った！　ほら！　いまもぷぷって笑ったろ！」

「はは、加奈子《かなこ》様はかわいいなあ」

「こっ、子供扱いすんなよ！」

かぁっ、と、赤面する加奈子《かなこ》。俺は、笑いの余韻を堪えながら、

「ご主人様扱いしてるんだよ。俺は加奈子《かなこ》様のドレイですから」

「態度でかっ！　そんなドレイがいるかっ！」

ぐぬぬ〜、と、キバを剝《む》き出《だ》しにして威嚇してくる加奈子《かなこ》。

「くっそ〜、なんなのおまえ。……マネやってるときといい、いまといい、こっちが立場上なんだぞ⁉」

「だから言うこと聞いてるじゃん。なにがそんなに気に喰《く》わないんだ」

わけ分からんガキだな。

「ぐぬ……」

むすっと黙り込んだ加奈子《かなこ》は、数秒タメてから、

「あ～も～腹立った！　クリームソーダとチーズケーキも追加！」

「……『腹立った』じゃなくて、『腹減った』じゃねえの？」

アイドル志望なのに、マジでそんなに食って大丈夫か？

「うっせえ！　覚悟しとけよ！　おまえの財布、空にしてやるかんな！」

「……はぁ」

自分の財布のためだけじゃなく、本気で心配になってくるぜ。

約三十分後――。

「ふぃ～、喰《く》った喰《く》ったぁ」

……すげえ。頼んだもん全部喰《く》いやがった。

……俺の金が……。

加奈子《かなこ》は、膨らんだ腹部を、自らぽんぽん叩《たた》き、

「ごちそうさまっ♪　京介《きょうすけ》さん♡」

満足そうにしているヤツに、俺は戦慄して言ったものだ。

「……『餓鬼』みてーな腹ンなってんぞおまえ」

「女の子に向かってそれはなくね⁉」

「大丈夫かなって、心配してるだけじゃん」

「ふん、このくらい余裕だっつーの」

「そしてまた太る、と」

「――あ？」

鋭く睨《にら》まれるが、「なんでもね」と、ゆるりとかわす。すると加奈子《かなこ》は鼻を鳴らして、

「ふん――おい、京介《きょうすけ》」

「なんだ？」

「これからもちょくちょく呼び出すからヨ。分かってんな？」

「はあ～～～～～～～？　いまオゴってやったろ⁉」

これで放免じゃねーのかよ！　思いっきりノーセンキューな態度を示すと、加奈子《かなこ》は半目になって「あっそ」と、吐き捨てる。

「ふーん……京介《きょうすけ》さぁ、そんなこと言っていいんだぁ～？　加奈子《かなこ》ぉ、なんだかぁ、お口のチャックがゆる～くなっちゃいそぉ～」

「分かった！　分かったよクソ！」

ちくしょう……思ったより、やべえ状況なんじゃねえのかコレ？

継続してカツアゲされ続けるカモになった気分だぜ。

いや、それより数段タチ悪りぃ。

——なんで『桐乃《きりの》の兄貴』と『マネージャー』が同じ人なわけぇ？

断ったら、きっと加奈子《かなこ》は、この件を深く追及するだろう——俺への嫌がらせのために！

桐乃《きりの》を問い詰めたり、知り合いに触れ回ったり、するかもしれない——俺への嫌がらせのために！　そうしたら、最悪『桐乃《きりの》の秘密』がバレかねないのだ。

は～～ったく！　やれやれ……めんどくせえことになったもんだ。

それから——。

宣言どおり、加奈子《かなこ》は、ちょくちょく俺を呼び出すようになった。

それも、こちらの都合を考えることなくだ。

その日の正午。

俺は、妹の部屋で、桐乃《きりの》と向かい合っていた。

高坂桐乃《こうさかきりの》。外見だけはクソ可愛《かわい》い、俺の生意気な妹である。

今日はなにやら、深刻な顔だ。

「ねぇ……相談があるんだけど」

「お、しばらくぶりだなそのフレーズも」

「茶化さないで」

「悪い。で、なんだ？」

汗びっしょりかいてるけど……なにに対して、こんなにビビってるんだ、こいつ？

俺が問うと、桐乃《きりの》は、端的に『悩み』を口にする。

「──あやせが『妹《しす》×妹《しす》』貸してって言ってきた」

「ぶっ」

噴いた。

『妹《しす》×妹《しす》』ってのは、桐乃《きりの》が気に入っているエロゲーのことな。

それを貸せって言ってきたのだ──あのあやせが！　桐乃《きりの》が青ざめるのも無理はあるまい。

経緯を知っている俺でさえ、びっくりしたもの。聞き間違えじゃないかと問うた。

「まじで？」

「マジで」

「……………………」

「……………………」

俺たち兄妹《きょうだい》の間に、重い沈黙が横たわった。

たっぷり二十秒も経《た》ってから、

「……ねぇ、あたし、どうしたらいいと思う？」

「……う……む」

なんて難問を投げてきやがる……。

つーか、この問題については、俺も無関係じゃないのだ。『桐乃《きりの》の趣味を理解したい』と悩むあやせに、『妹×妹《しすしす》』のことを教えてやったのは、俺なんだから。

桐乃《きりの》は、まだ気付いていないようだが。

オタク知識皆無なあやせの口から『妹×妹《しすしす》』なんて単語が飛び出した時点で、犯人はおまえの兄貴しかいねーよ。

いや、しかし……あやせのやつ……あれから一人で『オタク克服作戦』を続けていたのか。

あやせの頑張りに、俺は内心で敬意を表した。

だからだろう、気付けば俺の口は、こう呟《つぶや》いていた。

「か、貸してやったら？」

「無理に決まってるでしょ⁉　つか、なんであやせが『しすしす』のこと知ってるわけ⁉」

そう疑問に思うわな。

桐乃《きりの》は、ふと気付いたというふうに、俺を睨《にら》む。

「……あんたがバラしたんじゃないでしょうね」

「そんなわけないだろ？」

ごめん桐乃《きりの》、俺がバラした。

でも、あやせは一度『しすしす』をプレイ済みだし、大丈夫だと思うぞ？

「試しに、全年齢版を貸してみたらどうだ？」

「……大丈夫かな」

「それは——」

妹を安心させる言葉を考えていると、そこで、俺の携帯が鳴り始めた。

「すまん電話だ。——はい」

携帯を耳に当てると、聞き覚えのある声。

『京介《きょうすけ》ぇ？　あたしあたし』

「おまえかよ」

もちろん加奈子《かなこ》だ。つい、うんざりした返事をしてしまう。

だが、ヤツは俺のリアクションになど興味ないぜとばかりに、要求を突きつけてくる。

『ちょっと買い物付き合えョ〜』

このクソガキ……今度は俺に服でも買わせるつもりか？

「……いつだよ」

『はあ～？　いまからに決まってんだろー？』

「……あのなあ、俺にも予定というものがあるんだぞ？」

『あっ、そーゆーことゆーんだぁ～、京介《きょうすけ》マネージャーさんはぁ～。加奈子《かなこ》ぉ、傷ついちゃったなぁ～』

「はいはいはいはい！　行けばいいんだろ！」

『駅で待ってるよん♪』

可愛《かわい》い一言を残し、電話は切れた。

「ぬ……ぐ……」

あ～…………こりゃ、本格的に厄介な女に捕まったかもしれん。

俺は、慌てて立ち上がり、

「すまん桐乃《きりの》──出かけてくる」

「はあ!?　あたしの話まだ途中でしょ!?」

おまえの秘密を守るためなんだって！　説明できねえけど！

「あやせなら大丈夫だ。親友を信じろよ」

「適当なこと言うなっ！」

そう言うよなあ。

桐乃《きりの》を納得させるには、かなり長い話をしなくちゃならんのだが──

そこで再び加奈子《かなこ》から着信。

──『急げよ』ってか？　クソ……！

あああもう！　仕方ないっ！

「じゃあな桐乃《きりの》！」

「ちょ……！」

俺は桐乃《きりの》の秘密を守るため、怒れる妹を残し、家を後にしたのである。

千葉駅まで全力疾走した俺は、ペリエ千葉の入口前で加奈子《かなこ》と合流した。

さすがに息が切れ、肩を上下させてしまう。

「……はあ、はあ、はあ……」

「おっせーよ。何年待たせるつもりだてめーっ」

「そうやってキレると思ったから、走ってきてやったんだろ？　まだ十分も経《た》ってないだろうが」

「だめ。これからはよー、加奈子《かなこ》が呼び出したら、五分以内にこい。わーったな？」

「いじめっ娘かおまえは！」

理不尽な暴君に向かって声を荒げるが、

「ひひひー」

むしろ加奈子《かなこ》は、嬉《うれ》しそうに俺の言葉を受け止めやがる。

でもって、ぴったり寄り添ってきて、

「さ、行こうぜ～♪」

「……なぜ腕《から》を絡める」

「ごほーびだヨ、ドレイ君へのごほーび。嬉《うれ》しいだろぉ？」

「いや、別に」

…………マジでなに言ってんだ、こいつ？

心底そう思う俺であったが、加奈子《かなこ》は見透かしたような笑顔で、

「無理すんなって！　分かってっから！」

「話の通じねえやつだな」

ここでハッキリ言っておこう――。

確かに加奈子《かなこ》は、アイドルを目指しているというだけあって、超可愛《かわい》い外見をしているとは思う。けどな！　まっ～～～～～～～たく！　俺の好みじゃねーんだってば！

だから、くっつかれたって嬉《うれ》しくもなんともない。強がりでもツンデレでもなくな。

唯々《ただただ》うっとうしいだけである。ついでに言うと、夏だから暑苦しい。

その後も俺は、加奈子《かなこ》に連れ回され、色々オゴらされ……。

気付けばもう夕方になっていた。

駅前をぶらつきながら、加奈子《かなこ》は満足げに俺を見上げる。

「さって、そろそろ帰るかー。や〜、さすがにちっと疲れたなー」

「……あれだけ遊べば、そうだろうよ」

服は買わせるわ、ゲーセン代はオゴらせるわ……。

俺はしみじみと言ったものだ。

「金のかかる女だな、おまえは」

すると加奈子《かなこ》は、素直に礼を言ってくる。

「今日はさんきゅな！　また遊ぼうぜーい」

「……もう二度とごめんなんだが」

「つれないコト言うなよ〜」

横暴な部活の先輩。彼女は、そんなノリで俺の背をばしばし叩《たた》く。

「なぁなぁ、京介《きょうすけ》♪」

「あ？」

疲れ切った返事をすると、加奈子《かなこ》は――

「愛してるよん♡」

今日一番の笑顔を、俺に向けたのだった。

それだけで、なんだか毒が抜けてしまった。苦笑で返す。

「へいへい、俺もだよ」

おめーが愛してるのは俺じゃなくて、俺の財布だろ?

そんなこんなで、従属の日々は続く。

「おーっす」

今日も今日とて、加奈子《かなこ》は俺を千葉中央駅に呼び出した。

まったくもって暇なヤツだ。

他にやることねえのかよ――そんな感想を抱きながら、返事をする。

「おーっす。で……今日は朝からなんの用だ?」

「映画観《み》に行こっぜー」

「はあ~……」

盛大にため息を吐くと、加奈子《かなこ》は不満そうに唇を尖《とが》らせる。

「おい、なんだその態度。こんなカワイイ娘に誘われたんだからよー、もちっと嬉《うれ》しそうな顔できねーの?」

できねーよ。だってさあ……。

俺は、ため息の理由を、イヤそうに説明してやる。

「あのさあ……なんかこれって、デートみたいじゃね？」

「は、はあ⁉」

加奈子《かなこ》は強烈に反応した。怒りのせいか、顔を真っ赤にして声を荒げる。

「キメエ、なに言ってんだっ！　ま、ままま、まーたしかに？　最近ず――っとおまえとばっか遊んであげてるけどヨ！」

ええっと、と、数秒言葉に詰まってから、

「あ、あくまでおまえはドレイ君で、加奈子《かなこ》はご主人様なんだっつーの！　……忘れんなよ？」

「……あいよ」

「分かればヨシ。じゃ、今日観《み》る映画、コレな？」

そう言って、加奈子《かなこ》は俺にパンフレットを差し出した。

俺は、それをぱらりとめくって、感想を一言。

「……恋愛映画かよ」

「も、文句あんのかっ？」

「ないよ、ないない。文句なんてありませんよ加奈子《かなこ》様」

いい加減に投げやりな気分になっていたものだから、普段は言わないような台詞《せりふ》が、俺の口から飛び出てくる。

「いっそまた腕組んで行きますか？　映画館まで」

「ちょ、ちょーしに乗んなっ！　この前のアレはごほーびで、毎回サービスはできねーの！」

はいはいそーですか。

まあ、可愛《かわい》い怒り顔が見られて、ちっとは溜飲《りゆういん》が下がったよ。


二時間後。

千葉中央駅そばの映画館から出てくる、俺たちの姿があった。

「あー面白かったー！　ああいうの、よくね？　なあなあ、よくね？」

ごきげんで話しかけてくる加奈子《かなこ》。ここまで素直に喜ばれると、こっちも悪い気はしない。

「……おまえ、ああいう超ベタな恋愛映画、好きなのな」

「わ、悪いかよ？」

まあ、正直、意外だったが……。

「いいや、悪くないんじゃねえ？　ロマンチックで、いいと思うよ」

「…………うっせ」

なに照れてんだよ。

「ゲンジツだとさー、ありえねーだろ、あんな展開。いないって、あんなカップル。バカでも分かんよ。あんなの、作り物でウソっぱちなんだーってさ。でも、」

くすっ、と、いままでとは違う笑みで、

「そこがいいんだよ」

「……へえ」

最初のきっかけは、この時だったかもしれない。

「男も女もいいやつで、お互いのことが超好きで、最後まで一緒なの。作り話くらい、それでいーじゃん」

このときだけは、加奈子《かなこ》のことが、年下のガキには見えなかった。

ずっと年上の、大人びた女性に見えた。

俺は、それとなく問う。

「おまえってさ、彼氏いたことあんの？」

「……なに？　気になんの？」

「まあな」

「……ふーん」

加奈子《かなこ》は俺から視線を外し、どこか遠くの方を見詰めた。

「ないよ」

「……え？」

「……なに驚いてんだよ」

「恋愛経験豊富なのかと思ってた。桐乃《きりの》から、おまえの武勇伝を聞かされてたからさ」

「あー、どーせ男に貢《みつ》がせてたとか、オゴってもらってたとか、そーゆーのだろ？」

「ああ」

「あんなの彼氏じゃねーし。遊んでやってるだけだっつーの」

……危ねえなあ。

「だから、彼氏なんかいたことない」

「ふうん」

俺は、意識して興味なさそうに鼻を鳴らす。すると加奈子《かなこ》は、からかうように、

「……安心した？」

「は？　なんで」

「けけけ」

見透かしたように笑いやがる。

……なんだってんだ。なんもねーっての。

俺は「ごほん」とわざとらしい咳払《せきばら》いをしてから、別段ごまかしでもない本音を言う。

「……ほどほどにしとけよ、そういうの。危ないからな、よく知らない男とふたりきりになっ

たりしたら――って、俺が言えるこっちゃねえか」

まさにいま、俺が『遊んでもらってる』わけだからな……。

加奈子《かなこ》は、こっちの顔を指さし、大口を開ける。

「ぎゃはは、オッサンくせー台詞《せりふ》ぅ」

ああ、我ながら親父《おやじ》の言いそうな台詞《せりふ》だと思った。

本気の忠告だったんだけどな――と、諦め混じりの息を漏らす。

と。

「やんねーよ、もう」

「え？」

「――いまは、ジュージュンなドレイ君がいるからさ」

「そりゃ……よかったな」

穏やかな沈黙。

加奈子《かなこ》は俺から離れていき、両手を広げて、夕日を振り仰いだ。

「あ――しっかし、面白かったよなぁ～。いいなあ――加奈子《かなこ》もああいうの、やりたいなあ」

「ああいうのって？」

「キス」

「ブッ」

噴いた。こっちの意表を衝《つ》きやがった加奈子《かなこ》は、さらに爆弾発言を重ねてくる。

「ここなら人も多いし、さっきの映画のシーンそっくりじゃやね？」

加奈子《かなこ》が言っているのは――

――夕焼けの街中で、熱いキスをするシーンのことだ。

「してみる？」

「するかっ！」

ば、バカか！

「いいじゃん、ほら、ちゅーってさ。色々オゴってもらったお礼に」

「しねぇ――よ！」

ふざけたこと言ってんじゃねぇ！　できるか！

「ほんとはしたいんだろー？　こんなチャンスもう一生ないかもよ？」

「やらん」

「……ちっ、ノリわりーな」

俺の当たり前の対応に、加奈子《かなこ》は不機嫌になる。

「…………んじゃ、命令」

「……な、なんだと？」

「キスしないとバラす」

とんでもない命令だった。

俺が口止めしていたのは『桐乃《きりの》の秘密』につながりかねない、大切なもの。

だからこそ、俺は加奈子《かなこ》に絶対服従してきたんだ。

なのに……！

「おまえ──」

俺は咄嗟《とっさ》に激昂《げきこう》しかけ、

「──勝手にしろ」

冷たく、そう言い放った。

「え、えっ？」

「バラしたけりゃバラせ。バカにしやがって。付き合ってらんねえよ」

初めて俺に反抗された加奈子《かなこ》は、かなり驚いているようだが──知ったことか！

どうやら俺は、相当に腹を立てているらしい。

「好きでもない相手に、そういうこと言うんじゃねえ」

「んなっ！　てめえ……！」

「なんだよ」

穏やかだった空気は、もはや最悪だ。

俺たちは険悪に睨《にら》み合《あ》い——

「ばっかじゃねーの！　もうおまえなんか知るか！　覚えてろよ！」

捨《す》て台詞《ぜりふ》を残し、加奈子《かなこ》は走り去ってしまった。


数日が過ぎた。

あれ以来、加奈子《かなこ》からの呼び出しはない。慌ただしかった日々は、唐突に終わりを告げた。

ただ、もちろん、これで平穏が戻ってきた、ってわけじゃあない。

……バラすならバラせ、なんて啖呵《たんか》を切ってしまったが。

俺は内心、かなりビビっていた。

だからだろう。インターホンの音が聞こえた瞬間、飛び跳ねてしまったよ。

たいして待ってねーうちにインターホンを連打するのは、ヤツのくせだ。

俺は、階段を駆け下り、玄関扉を開ける。

そこには、予想どおり加奈子《かなこ》の姿があった。

「……いらっしゃい」

「こんにちはぁ～♪　桐乃《きりの》いますかぁ？」

猫をかぶりまくった声。

他人行儀な声。

俺は、少しばかりのモヤモヤを抱きながら、対応する。

「自分の部屋にいるよ。──上がりな」

「お邪魔しまぁす」

それ以上の会話はなく、加奈子《かなこ》は二階──桐乃《きりの》の部屋へと向かい、階段を上っていく。

「………………」

普通に、遊びにきただけ……か？

俺はどうしても心配になって、様子を見るため、加奈子《かなこ》の後を追うように二階へと向かう。

「桐乃《きりの》～、ジュースと菓子持ってきてやったぞ～」

返事を待たずに扉を開く。

すると妹の部屋の中では、想像を絶する展開が、俺を待っていたのである。

「へーえ、なるほどねぇ～」

「……ッ」

「桐乃《きりの》って、オタだったんだぁ」

「なっ……」

どういう状況だ！　これ……！

部屋の中央で、二人は立ったまま相対している。

「あ、『桐乃《きりの》のお兄さん』、ちーっす」

加奈子《かなこ》が俺に気付き、ニヤリと悪い笑みを浮かべた。

「いまね、いまね？　桐乃《きりの》からぁ、お兄さんがなんで加奈子《かなこ》のマネージャーなんてやってたのか、聞き出してたとこなんだケドぉ」

「……ッ！」

「そしたら桐乃《きりの》のやつ、勝手に自爆しちゃってさあ。色々聞いちゃった♪」

「だ、だから違うってば！」

両手を激しく振って弁明する桐乃《きりの》。

「え？　でもぉ、あのときの優勝賞品……なんとかメルルフィギュアだっけ？　あれ、いま桐《きり》乃《の》が持ってるんだろ～？　あやせからのプレゼントなんでしょ？」

「そ、それはそうだけど……だから……あれは……」

桐乃《きりの》……なんという嘘《うそ》の下手なやつだ。

加奈子《かなこ》は、俺がマネージャーをやっていた件について、探りを入れただけだったのに——

ウチの妹は自分から墓穴を掘って、オタク趣味をバラしちまったってことか。

「きひひ、観念しろヨ。もうネタはあがってんだからさあ」

加奈子《かなこ》は、手をわきわきさせながら、邪悪な笑みで桐乃《きりの》ににじり寄っていく。

俺は、少女たちの間に割り込んだ。

「そのへんにしとけ」

「あ、まだいたんだ。ちっ、引っ込んでろよヘタレ」

……加奈子《かなこ》の野郎。あんときのこと、根に持ってやがるな。

ううむ……なんとか場をおさめてやりたいが……。

……いい案がなにも思いつかない……。

幾ばくかの間があって、桐乃《きりの》が口を開いた。加奈子《かなこ》に向かって、うつむきながら、

「……しいと、思う？」

「あん？」

「……だから……あたしがオタクだったら……おかしいと思うかって言ってんのっ！」

桐乃《きりの》の切実な問いに、加奈子《かなこ》は——

「はぁ？　あったりまえじゃん」

このクソガキ、微塵《みじん》も躊躇《ちゅうちょ》せずに言い切りやがった！

「だって、それってさー、加奈子《かなこ》のステージに来るようなキモオタと同類ってことだろ？」

加奈子《かなこ》は、低く怖い声で、

「桐乃《きりの》――おまえ、マジでキモい」


「……ッ！」

桐乃《きりの》は、下唇を強く噛《か》みしめた。俺は見ていられなくなって、食ってかかる。

「おい！」

「は？ なにキレてんの？ キモいもんキモいっつって、なにがわりーんだよ」

「だからってな！」

「つーか、それならそうと早く言えっつーの。そしたら夏コミのステージ、いい席用意してやったのによー」

「えっ？」

桐乃《きりの》が、きょとんとした声を漏らす。俺も目を見開いて加奈子《かなこ》を見た。

いや、だって、話の流れが、急に変わったような……。

どういうことだ？ 加奈子《かなこ》おまえ、いま、なんつった？

「だからー、好きなんだろー、メルル。なんか加奈子《かなこ》ぉ、メルルに似てるらしくてさー。コスプレしてステージに上がると、すっげー喜ぶんだよね、メルルファンのオタどもが」

「じゃ、じゃなくて！　どうして……？」

桐乃《きりの》は首を横に振って、再度、切実に問う。

「どうしてそんな……普通に接してくんの？　いま——キモいって言ったじゃん！」

加奈子《かなこ》の答えは短かった。

「や、ダチだし」

そっけない一言。ほんの少しだけ、常よりも優しい声。

「——加奈子《かなこ》」

それが桐乃《きりの》にとって、どれだけの救いになったことか。

「あーあ、最近、桐乃《きりの》があたしを見る目がアヤシイと思ってたんだよなー。妙にベタベタしてくるしよー」

ひひ、と、キバを見せて、

「そーゆうことだったのかよって、いま納得した。マジきめえ。これが桐乃《きりの》じゃなくて他のやつだったら、絶交してるっつーの」

そこまで言い切ってから、ぶすっとした声で、

「……そんだけ」

沈黙が部屋に満ちる。

「…………」

「…………」

俺も、桐乃《きりの》も、呆然《ぼうぜん》としたまま立ち尽くしていた。さらに数秒が経《た》って……。

「……ぷっ」

事態を把握した俺は、加奈子《かなこ》の頭に手を乗せて、ぐしゃぐしゃとかき回した。

「わっ⁉　んだよいきなり！」

「男前だな、おまえは。――チビのくせによ」

「なんだそれ！　バカにしてんのか！」

「そんなわけねーだろ」

「これからも、桐乃《きりの》のこと、よろしくな」

「……ふん」

来栖《くるす》加奈子《かなこ》。

俺はこいつのことを、少し誤解していたのかもしれない。

その日の夜。俺が自室で勉強をしていると、加奈子《かなこ》から携帯に電話がかかってきた。

「はい」

『……あたし』

「おまえか。……電話すんの、ちっと久しぶりだな」

『……うん』

「また『ドレイ君』への呼び出しか？」

『……や……ちがくて』

偉そうなノリは影を潜め、加奈子《かなこ》らしからぬ大人しい声だ。

『あの……さぁ……京介《きょうすけ》ぇ』

……様子がおかしいな。

「どうした？」

『……まだ、怒ってる？』

「なんのことだ？」

『……この前、「キスしないとバラす」って、命令したこと』

「ああ」

あれか。

脳内で話の流れを整理していると、小さく一言……

『ごめんね』

「…………」

ど、どうしたんだこいつ？　妙に殊勝だな。

つい、優しく返事をしてしまう。

「もう怒ってないよ」

『……ほんと？』

「ああ、本当だ」

『……よかった』

……こうやって大人しくしてりゃ、こいつも可愛――

『んじゃ、次の命令なッ！』

「――そんなこったろうと思ったわ！」

『きひひひひっ』

携帯から聞こえてくる笑い声は、もう、いつものノリに戻っていた。

ったく……あの野郎め。

『加奈子《かなこ》様からの命令』を受け、電話を切った俺は、苦笑して勉強へと戻る。
何故《なぜ》か――すこぶる捗《はかど》った。

というわけで数日後。俺は、ＵＤＸのステージ控え室にいた。

加奈子《かなこ》の次なる命令は、再び俺にマネージャーとなって、ステージのサポートをしろ、というものだったのだ。

……ったく、妙なことになったもんだ。

なんで俺はこんなとこで、『妹の友達』の着替えが終わるのを待っているんだろうか……。

手持ちぶさたなので、カーテンの向こう側、着替え中の加奈子《かなこ》に話しかけてみる。

「おい」

「なーにぃ？」

「なんで俺を呼び出したんだ？　俺がなんの役にも立たないことは、おまえがよく知っているはずなんだがな」

「そーでもないからだヨ」

「あん？」

「おまえがいなくなってから、何回かステージあったけど」

一拍の間があってから、

「……いた方がいい」

「…………そりゃ、どーも」

どうやら、こいつ……俺の仕事を評価してくれていたらしい。

ちと照れるな。

「なぁ、加奈子《かなこ》。メルルのステージ、今月二回目なんだよな。夏コミんときもあったし。多くね？」

「うん、なんか、新シリーズ始まるんだってさ」

「へえ……。そういやブリジットちゃんは、一緒じゃねーの？」

「一緒、隣の控え室」

ブリジットちゃんってのは、加奈子《かなこ》とコンビでメルルのコスプレステージに出演している金髪幼女だ。色々あって、加奈子《かなこ》を姉のように慕っている不憫《ふびん》な子である。

「なんでおまえとブリジットちゃん、控え室が別々なんだ？」

「しらねー」

「ふーん、でも、おかしいよな。いままでは一緒だったのに」

「……うっせーな、どうでもいいだろそんなこと。そんなにブリジットに会いてーの？ やっぱロリコンだろおまえ」

なに怒ってんだ、こいつ。

と、話しているうちに、着替えが終わったらしい。

「おっし、こんな感じかな」

カーテンが開かれ、メルルに化けた加奈子《かなこ》が姿を現した。

「じゃーん、どーよ！」

「ふぅむ……」

改めて、眺める。メルルってのは、いわゆる魔法少女だ。

ピンクのふりふり衣装で、可愛《かわい》らしいデザインのステッキを持っている。リアルでコスプレするにゃあ、ちょいとばかし露出の多い格好だ。本物の子供に着せたら、問題になるかもしれん。

「その衣装が世界一似合うのは、間違いなくおまえだよ」

「まーねぇ～。うへっ……そんなに褒めんなよ～、照れるじゃんかぁ」

「メルルは小学生だけどな」

「おい」

そのカッコで、ドスの利《き》いた声を出すなよ。

「これでも成長してんだからな！」

「どこが？」

「なっ……よ、よく見ろよほらぁっ」

全身を見せつけるように、じりじり近寄ってくる加奈子《かなこ》。

でもって、グラビアアイドルのようなセクシーポーズを披露してくる。

「ほら、ほらぁ」

「……おいおい」

そんなにエロい格好で、なんつーことを。これだからガキだというんだ、こいつは。

こいつ相手に、エッチな気分になどなるわきゃねーが——

この光景を見られたら、もの凄《すご》い誤解を生みそうだ。

「いい加減にしろって……おっ？」

俺は『あること』に気づき、驚きの声を漏らす。

「あ？　どったん京介《きようすけ》？」

「いや、おまえ…………ちょっと胸がでてきたんじゃないの？」

「え？　マジで⁉」

喜色満面のリアクションに、俺は太鼓判を押してやる。

「おう、ほんのちょっぴりな」

「**やったあああああああ！**」

飛び跳ねて大喜び。

「牛乳パワーSUGEEEEEEEEE‼　っしゃ、っしゃー……やっぱり加奈子《かなこ》の成長期はこれからだったんだよ～……ははっ♪　見てろよ、あいつらぁ～、バカにしやがってよぉ～～」

「よかったな」

「おう！」

楽しげにハイタッチをかわす。

「超嬉《うれ》しい……あはっ♪　まあ、まだまだちっちゃいけ――ど」

そこでふと正気に戻り、真っ赤になって腕で己の身体《からだ》を抱く。

「っあ⁉　～～～～～～ッ！　て、てめえ、どこ見てんだっ！」

「おまえの胸」

「はっきり言うな！　このエロ！　ロリコン！」

「誰がロリコンだ。おまえの胸なんか興味ねーっての」

「なっ！　…………言ったな？」

「言ったがどーした」

「ふぅ～～ん」

「な、なんだよ」

目を細めた加奈子《かなこ》は、うっそりと低い声で、

「じゃー、ほんとかどーか確かめてやんよ。ちょっと手ぇ貸せ」

「ああん？」

「いいから」

「お、おい……！」

当惑する俺の手をつかんだ加奈子《かなこ》は、そのままそれを自分の胸に軽く触れさせる。

「⁉ ど、どこ触らせてんだてめぇ――――っ⁉」

「ひひ、どーよーしてんじゃん」

「……がっ……おまえ……そりゃ……」

動揺するだろ！　『ちょっと胸が出てきた』ってのを、直接確認させられたらさ！

「加奈子《かなこ》みたいなロリっ娘にはキョーミないんだろー？　それともマジでロリコンなの？」

「ち、ちげーよ！」

「ならいーじゃん。んふふ♡」

俺は加奈子《かなこ》につかまれた手を振り払ったものの、やつは悪戯《いたずら》をやめるつもりはないらしい。

「よ、寄ってくんな」

「えぇ～？　なんでぇ～？」

加奈子《かなこ》は、普段のクソガキっぷりが嘘《うそ》のように――妖艶《ようえん》な雰囲気を出してくる。

「ねぇ……京介《きょうすけ》ぇ。……加奈子《かなこ》のコト、キライ？」

「……⁉　か、からかうなっ」

そんな……そんなバカな……俺は断じてロリコンなどではないはずだ！

くそっ！　なのに何故《なぜ》、加奈子《かなこ》なんぞにドキドキさせられている……！

俺は、たたらを踏んで後退し、壁際《かべぎわ》へと追い詰められていく。

「距離が近い……距離が……！」

加奈子《かなこ》は俺のネクタイをつかみ、顔を引き寄せてから、

「近くしてるんだもん♪　……顔、赤いよ？」

「お、おまえだって……」

「…………」

「…………」

な、なんだこの妙な沈黙……。

「……ごく」

まるでこれからキスをするかのような体勢に、つい、生唾を飲み込んだ瞬間——

「ぷっ」

「きゃははは！」

すぐ間近で爆笑された。

「なにそのツラ。本気にしちゃったわけぇ？　慌てちゃってカッワイー♪　やっぱロリコンかぁ？」

「ぐっ……!?　お、おまえってやつは……！　おまえってやつは……！　いい加減に……！」

ぎぃ、と。

控え室の扉が開いた。

「かなかなちゃん、そろそろ出番だよーっ……って、」

「!?」

俺たちは咄嗟《とっさ》にそちらを見る。扉から現れたのは、メルルのライバル・アルファのコスプレをした金髪幼女。さっき話題に出た、ブリジットちゃんだ。

相棒である加奈子《かなこ》を呼びに来たのだろう。

彼女は、キス寸前にしか見えない状況を目撃し、一秒間フリーズ。でもって、

「ええ――ッ!?」

マネージャーと姉貴分のラブシーンを目撃したら、こういう反応になるだろうよ！

そんな窮地の中、加奈子《かなこ》だけが落ち着き払っていて、

「いま取り込み中ー、もちっと待ってて」

「ぶ、ブリジットちゃん……これは違うんだ、これには深い訳が……!?」

「……え？」

「ご、ごめんなさいっ！」

バタン！　勢いよく扉が閉まる。

ブリジットちゃんは、耳先まで真っ赤になって、逃げていってしまった。

「オイ加奈子《かなこ》！　どけって！　早く追いかけねーと、絶対勘違いされちまったぞいま！」

「いーよ別に、勘違いされたまんまで」

「はあ!?」

「いっそ、マジにしちゃえばいーんじゃね？」

そう言うや加奈子《かなこ》は、さらに顔を近づけて――

「……しちゃった」

柔らかな唇への感触。

思考が真っ白に塗り潰された。

なにが起こったのか理解するまで、かなりの時間を要した。

「お、おまえ……おまえ……いま、」

正気に戻ってからも、声は震えたままで、まともに喋《しゃべ》ることができなかった。

「……あのさ」

混乱覚めやらぬ俺に、加奈子《かなこ》は、鼻が触れあう距離から言う。

「……この前のことも、いまのも……あんたは、ずっとからかわれてるって思ってたのかもしんねーけどぉ」

見つめる瞳が、潤んでいる。

「あたし、ばかだから」

一言ずつ、ゆっくりと。

「そういうの、できねーし」

間違えないよう、区切りながら。

「……ぜんぶ、ほんとだし」

「……京介《きょうすけ》のこと、好きなんだよ」

真《ま》っ直《す》ぐ想《おも》いを伝えてきた。

突然の告白に、俺の頭はまるで回らず、熱く沸騰するばかり。

加奈子《かなこ》の口から飛び出した真剣な言葉が、俺の心を溶かしていく。

「……初めて会ったときのこと、覚えてる？」

もちろんだ。

おまえが桐乃《きりの》と遊ぶために、高坂《こうさか》家を訪れたあのとき。

「……最悪の出会いだった気がするぞ」

「へへ……だよな」

「地味だの、十年後に中小企業の課長やってそうだの、さんざん言ってくれたじゃねぇか」

俺をかばってくれたのはあやせだけで。

妹の友達のガキどもは、俺をくそみそに貶《けな》してくれたのだ。

「いまもそう思ってんよ」

「なら」

「……しょうがねぇじゃん。どうしてこうなったのか……ほんと、分かんないけど」

ひひ、と、笑って。

「好きなんだからさ」

本当に、ずいぶんと後々のことになるが。

顧みてみれば、恋に落ちたのは、この瞬間だった。

真っ赤になってはにかむ加奈子《かなこ》の顔を見て――

不覚にも俺は、こう思っちまったからだ。

俺の妹の友達が、こんなに可愛《かわい》いわけがない。

第二章

――付き合おうぜ、あたしたち。

――おう、そうすっか。


俺も加奈子《かなこ》も、相手に惚《ほ》れちまっていることを自覚していたからだろう。

告白の台詞《せりふ》も、受け入れる言葉も、あっさりとしたものだった。

お互いの気持ちが通じ合っている、っつーかさ……うまく言えないんだが……。

それが自然だって、感じたんだ。

あのとき、あの瞬間はな。

だが！　家に帰って、落ち着いたらさ、激しく困惑したよ。

――うぉおい！　俺、加奈子《かなこ》と付き合っちまった！

――いったいどうして、こんなことになったんだ？

何度も何度も、自問自答してしまうほどに。

もちろんこの俺は、これまで彼女がいたこともない、ごく普通の高校生男子なわけで。

軽い気持ちで付き合ってみようとか、まずはお試しにだとか、そういうチャラい考えは、いっさいなかった。

自信を持って断言できる。

俺は、加奈子《かなこ》を好きだから、めちゃくちゃ惚《ほ》れまくってるから、告白にＯＫしたんだと。

じゃなきゃ、失礼ってもんだろう。加奈子《かなこ》にも、俺自身にもだ。
なら、俺が、なにに対して困惑してるのかっつーとだな。
なんであいつに惚《ほ》れたのか、自分でもよく分からねーんだ。
それで混乱しちまってるんだよ。
だって、妹の友達だぜ？　妹と同い年だぜ？
ただの年下ってのより、ずっと抵抗あるだろう、普通。
……あぁ……分かってる。あやせはどうなんだって思うわな。
そりゃ、あやせは別だよ。
あれだけ色んな意味でずば抜けてりゃあ、年下とか、些細《ささい》なことだろ。
一方で、加奈子《かなこ》はっつーと……。
美少女だとは思うが、正直言って、俺の好みとはかけ離れている。
性悪なクソガキという印象も強い。
まぁ、でも、だ。
桐乃《きりの》の趣味を軽く受け入れちまう度量の広さ——とか。
面倒見のいい親分肌の性格——とか。
意外と大人びた考え——とか。
悪い印象を覆《くつがえ》すきっかけは、幾度もあった。

魅力的な異性として、意識するきっかけは、あった。

幾度も。

…………………。

いや、いやいやいやいや、違うぞ。違う。違うはずだ。

そう、俺は、自分でも分からないんだ。

どうしてあいつと付き合うことになったのか。

どうしてあいつの告白に、即答でOKしちまったのか。

自問自答しても分からない。

いったい、いつの間に俺は、あいつに惚《ほ》れていたんだ!

もしも俺の考えを読んでいる、やつがいたとして、きっとそいつにだって、分からないだろう。

俺と加奈子《かなこ》が付き合い始めた理由が分からない。唐突すぎる――きっと、そんな感想を抱くはずだ。……そうだよな?

っつーか、そもそも!

加奈子《かなこ》のやつは、なんで俺を好きになったんだよ!

俺、あいつの前で、なんかいいとこ見せたっけ?

あいつ自身も、こんなことを言っていた――

——……しょうがねぇじゃん。どうしてこうなったのか……ほんと、分かんないけど。

——好きなんだからさ。

思い出したら、めちゃくちゃ顔が熱くなってきた。

「あー、くそっ」

がりがりと頭をかく。

「……はぁ」

認めよう。理由は分からねぇが——たくさんありすぎて特定できねぇが——

どうやら、マジでこの俺は、あいつに惚《ほ》れてしまったらしい。

完全に心を奪われ、恋に落とされてしまったらしい。

自問自答で得たのは、ただ一つ、そんな分かりきった答えだけだった。

広大な空。白い砂浜。青い海。

夏休みも残り少なくなったある日。俺たちは海へやってきていた。

踏みしめる砂は、まるでフライパンのように熱されていて、ビーチサンダルが溶けてしまうんじゃないかと心配になるほど。

遮るもののない陽光が降り注ぐ中、俺は彼女を待っていた。

俺の彼女の名前は——

来栖《くるす》加奈子《かなこ》。

「まさか、あいつと付き合うことになるとはなぁ」

人生ってのは、分からないもんだ。

何度目かの思考を繰り返す。

「…………」

可愛《かわい》い彼女と初めての海デート。

健全な男子高校生としては、どんな水着を着てくるんだろうと胸がときめくシチュエーションだ。

「……でもなぁ……加奈子《かなこ》だしなぁ」

ま、ちょっとは楽しみにしておいてやろう。

本人が見たら怒りそうな態度で、待つ。

「あちぃ……クソ暑い中、何分待たせるつもりだよ」

じりじりと、頭が焦げていく感触。

渇いた喉が張り付く不快さを堪え、さらに待つ。

待つ、待つ……待つ――…………

「おっせえ！」

ついに俺は、蒼天《そうてん》に向けて声を張り上げた。

くっそ暑いってのによぉ～！　着替えっつったって、服脱いで布つけるだけだろ？

ふざけんなよ、あのクソガキ。

「……限界だ」

飲み物でも買ってこよう。

俺はその場から離れ、海の家へと向かった。

「ラムネふたつください」

「ありがとうございましたー」

こんなに長々と待たされているというのに、彼女の分までジュースを買ってやる俺って、なんて素晴らしい彼氏なんだろうね。

砂浜へと戻りつつ、ラムネを喉に流し込む。

「ハ～ッ、うまい！」

生き返る心地だ。早くやつにも持っていってやろう――と、改めて前方を見る。

すると――

「……な……っ」

とんでもない光景を発見してしまった。

ゲームならスチル一枚で表現できるそれを、どう言い表したものか。

初見ではこう見えた。

俺の彼女の生首が、砂浜に晒《さら》されている。

「ちょ、なにやってんだおまえ⁉」

俺は、ホラー映画みてーになってる加奈子《かなこ》に、慌てて駆け寄った。

よくよく見れば、やつの首から下は、砂浜に埋まっていた。

海水浴の罰ゲームでやるような甘いもんじゃない。

深々と生き埋めにされているのだった。

「京介《きょうすけ》え〜〜〜〜〜〜〜〜〜！」

生首と化した加奈子《かなこ》が、こっけいに叫ぶ。

「くんの遅っせ〜よ！　早く助けろてめ〜〜っ！」

「……なんで埋まってんの？　趣味？」

「そんなわけあるかーっ！　埋められたの！」

ぶるんぶるん頭を振って、器用に波をやり過ごしている。

すまん、ちょっと笑いそう。

「いいから早くしろヨ！　ヤツが戻ってきちゃうだろ！」

「……ヤツ？」

『ヤツ』って誰よ？

俺の可愛《かわい》い彼女を埋めてくれやがって。

そんなやつは俺がぶっちめて――

「――お兄さんじゃないですか」

「うひぃ⁉」

イキった瞬間、背後からの声に飛び跳ねてしまう俺＆加奈子《かなこ》。

それも仕方ない。俺たちの脳裏には深々と刻まれているのだ。

この声に逆らうと恐ろしい目に遭うと。

「あ、あああ、あやせ⁉　どうしてここに⁉」

そう。

声の主は、俺たちのよく知るあいつだった。

新垣《あらがき》あやせ。加奈子《かなこ》のクラスメイトで、俺にとっても、この夏前半を共に過ごした相手。

水着の上に一枚羽織っただけという、超魅力的な格好。

この本が加奈子《かなこ》ifでなかったなら、多くの紙面を費やして描写されていたことだろう。

俺たちを一瞬にして怯《おび》えさせたあやせだったが、意外にも穏やかな声で言う。

「このあたりで撮影だったんですよ。そうしたら――たまたま加奈子《かなこ》を見かけて」

「あ、そなんだ」

命の危険がなさそうなので、俺も胸を撫《な》で下《お》ろす。

「奇遇でした。ね、加奈子《かなこ》？」

「……うう」

しかし加奈子《かなこ》は、依然としてビビったままだ。俺は、核心を突いていく。

「……なぁ、あやせ……加奈子《かなこ》のやつは……なんで、こんな状態に？」

「…………………………教えて欲しいですか？」

笑顔が怖えーよ。

「お、おう」

「……いいでしょう……こんなことがあったんです」

そうして、あやせは語り始めた。

俺がラムネを買うため、この場を離れていたあのとき。

ようやく着替え終わって砂浜にやってきた加奈子《かなこ》は、偶然あやせと出くわしたのだという。

「あれ？　加奈子《かなこ》？」

「お、あやせじゃーん。どったのこんなとこで、撮影？」

「うん、まあね。加奈子《かなこ》は？」

「ぷぷ……どーしよっかなぁ～。……教えて欲しい？」

イラッとくる顔で言いやがったのだという。なのであやせは、

「別にどうでもいいけど……友達と海に遊びにきたの？」

「ぶぅ～、はっずれー。うひひひひ」

「さようなら来栖《くるす》さん、もう学校でも話しかけないでくださいね？」

「怒んなヨ！　なんでそんなに短気なわけ？」

「え？　なにか言いましたか来栖《くるす》さん？　なになに？　宿題はもう手伝わなくていい？」

「あやせサマぁ！　勘弁してください！　言う！　言うからぁ！」

力関係が歴然すぎる……。

速攻であやせに泣かされた加奈子《かなこ》は、がらりと楽しそうな様子で――

「へへぇ～、加奈子《かなこ》ぉ、今日ぉ、デートなんだよねぇ～ん♪」

自慢した、らしい。

か、加奈子《かなこ》のやつめ……。聞いててくすぐったくなってきたぞ！

顔が熱くなってきたので、話を進めよう。

得意げな加奈子《かなこ》を見て、あやせはかなり驚いたらしい。

「ええっ⁉　デート⁉　加奈子《かなこ》が⁉」

「おうっ！」

「そっか。加奈子《かなこ》——………彼氏できたんだ」

「……うん」

「もしかして、初めての彼氏だったり？」

「ま、まーね」

「やっぱり！　おめでとう！　よかったね！」

照れる加奈子《かなこ》が可愛《かわい》くて、あやせは素直に言祝《ことほ》いだ。

すると、さらに加奈子《かなこ》は恥じらって、

「よ、喜びすぎだっての！」

「だって、わたしも嬉《うれ》しかったから。……ねぇ、加奈子《かなこ》の彼氏って、どんな人なの？」

あやせが問うと、加奈子《かなこ》は恥じらいながらも、素直に答え始めたらしい。

「うぇ……ど、どんなって……」

「同じ学校の男子？」

「や、ちがくて。なんてったらいいかなぁ……」

「かっこいい人？」

「うんっ。えと、結構背が高くてぇ。顔はちょっと地味なんだけどぉ、優しくてぇ。加奈子《かなこ》の言うことなーんでも聞いてくれんの！」

「へぇ～、いいなぁ」

俺がいないとき、彼女が友達にしたノロケ話。

それを聞かされている俺の顔は、きっと真っ赤になっているだろう。

……加奈子《かなこ》のやつ……そんなふうに想《おも》ってくれていたのかよ……。

あ～……くそ。めっちゃ、嬉《うれ》しいんだが……。

ちらりと、足下の加奈子《かなこ》を見ると、『あに見てんだよ』などと罵倒が飛んでくる。

超恥ずかしそうにするものだから、えらく可愛《かわい》い生き物に見えてくる。

ようやく理解したぜ桐乃《きりの》──これが萌《も》えという感情か。

などと、油断しちまったんだ。

加奈子《かなこ》が砂浜に埋まった経緯は、ここからが本題だってのに。

俺と同じ轍《てつ》を踏まぬよう、心して聞いてくれ。

あやせは、『加奈子《かなこ》の彼氏』について、軽い気持ちで……こう問うたのだそうだ。

「名前は？」

……あっ。

俺の口から、声が漏れかけた。

「あやせも知ってるでしょ、高坂京介《こうさかきょうすけ》、桐乃《きりの》の兄貴」

「えっ？　……か、加奈子《かなこ》……いま、なんて？」

「だからぁ、京介《きょうすけ》。ほら、夏コミであやせと一緒にいた、あいつ」

「えっと……意味が分からないんだけど？」

「ん？　なにが？」

「だ、だっていま……『加奈子《かなこ》の彼氏』の話をしてたんだよ？　それなのになんで、おに……

そ、その人の名前が出てくるのっ？」

「はぁ？　あったりめーじゃ～ん」

幸せそうに笑って、

「だって京介《きょうすけ》はぁ、加奈子《かなこ》の彼氏なんだから」

「……っ！　……じょ、じょ、冗談だよね？」

「ん？　なんで加奈子《かなこ》が冗談なんて言わなくちゃなんねーの？　あっ、分かった。アレっしょ、
いひひ、あやせってぇ……もしかしてさぁ」

「ち、ちがっ」

「自分が彼氏いないからって、ひがんでんじゃねーの？」

バカがこの台詞《せりふ》を言い放ったとき、俺がその場にいたなら、全力で逃走していただろうよ。

居合わせなくても視《み》えるようだぜ——。

あやせの中で、なにかがブチンと千切れ飛ぶ光景がな！

なのに加奈子《かなこ》は気付かない。あやせを指さし、

「あ！　黙っちゃった！　さては図星っしょ～！　キャハハハハ、だっせぇ～～あー腹いてぇ。んまっ、あやせサマはぁ、せーぜー孤独な夏休みを過ごせばいいんじゃねーのぉ？」

死ぬ気か!?

もちろん、これは過去のエピソードであり、俺のツッコミは届かない。

加奈子《かなこ》は、意味深に黙り込むあやせを、さらにおちょくっていく。

「ん？　ん？　仕事で忙しいのん？　そっかそっかぁ、それならしょーがない。あやせの分まで、加奈子《かなこ》がエンジョイしてやっから安心しろヨ。夏休みぃ～、海とかぁ、遊園地とかぁ、京介《きょうすけ》に色々連れてってもらうんだぁ～～うへへへへ♪」

あ……あぁ……あ………。

「でもあやせってぇ、ひひ、お高くとまってるわりに意外とモテねーのな？」

「……かーなーこ♪」

……それでこのザマというわけか。

なんて恐れを知らぬクソガキだ……。

あやせ様にそんな口を利《き》いたら、どうなるかくらい分かるだろうに。

「出せェ～～！　出せよぉ～～～～！」

いや……分からなかったんだな。加奈子《かなこ》……おまえ、バカだもんなあ。

俺は、無残に埋まった加奈子《かなこ》を、切なく見つめる。

それから、

「な、なあ……あやせ。……出してやっていいか？」

「ダメですよ？　お兄さん」

いかん、まだキレてる。

俺は、殺気に肌を粟立《あわだ》たせながらも、加奈子《かなこ》の彼氏として説得を試みる。

「まあ、加奈子《かなこ》がうざいという気持ちは、俺にもよーく分かる」

「おい！」

生首が文句を言ってくるが無視。

「空気読まねーし、すぐ調子に乗るし、隙を見せればおちょくってくるしな」

「うらぎるつもりかー！　京介《きょうすけ》ー！」

「うるせえ。ちょっと黙ってろ」

「ほっぺたつつくなーっ！　あとで覚えてろよぉ！」

無視無視、ってか、おまえのためなんだぞ！

「──なぁ、あやせ、俺からも叱っておくからさ。許してやってくれ」

懇願すると、彼女は半目になって俺を見つめる。

「……ふーん。どうやら……ふたりが付き合っているというのは、本当みたいですね」

「お、おう」

「いつからなんです？」

「ちょっと前から。ほら、おまえと夏コミ行ったとき、加奈子《かなこ》と会ったろ？　あれで、俺の正体がバレちゃってさ」

「……え……」

何故《なぜ》か、あやせは、愕然《がくぜん》と──目を見開く。

俺はそれを不思議に思いながらも、

「それが、きっかけ」

こう続ける。

「だから、まぁ、俺と加奈子《かなこ》が付き合うようになったのは、あやせのおかげかもな」

「わ、わ、わたしの……おかげ……？」

「おう。さながらあやせは俺たちのキューピッドってところ──だ」

あやせへの感謝を述べて、怒りを少しでも収めていただこう。

そんな意図で話していた俺は、そこで言葉を止めてしまう。

キッ——と。

あやせが、今までとは比較にならない厳しさで、俺を睨《にら》み付《つ》けてきたから。

「お、おい……あやせ？　どうした？」

「お兄さんのばかぁっ！」

ガン、と、彼女は、手に持っていた硬い物を俺の顔面に投げつけた。

でもって叫ぶ。

「こ——こんなの絶対認めませんからっ！」

怒り心頭で去って行くあやせ。

「っ、ってて……なんだあいつ。なに怒ってんだ……」

俺は顔を押さえ怯《ひる》みつつ、あやせが投げつけて来たブツを、拾い上げてみた。

「……げ」

………マジかよ。

そのへんの文房具屋でも売っているだろう虫眼鏡を見て、それから加奈子の生首を見て、さっと血の気が引く。何の変哲もない文房具の使い道を、想像してしまったからだ。

いや、まさかな………怖がらせてもなんだし、加奈子《かなこ》には黙っておいてやるか。

そんな彼氏の気も知らず、生首は叫んでいる。

「京介《きょうすけ》！　出して！　早く出して！　あつい！　頭が熱されてちょーあつい！」

「へいへい」

手で砂浜の穴を広げて、引っ張り出してやった。

「ふへぁ～」

ようやく生き埋めから脱出できた加奈子《かなこ》は、気の抜けた声を漏らして、ぐったりしている。

「大丈夫かよ？」

「うぃ～……あやせは？」

「なんか怒って帰ったぞ」

「なにそれ？　今日のあいつ、ま～じで意味わかんねーんだけどぉ～。はぁ～……ま、いーや、はよ泳ごっぜー♪」

切り替えの早い彼女様である。

そういうところ、嫌いじゃないぜ。

「ラムネ飲んだらな」

「ちべたっ！　デコにビンくっつけんなヨ～」

「ハハハ――ほら、開けてやる」

てなわけで。初彼女との海水浴デートは、こんな感じ。

なんともコミカルなスタートだが――

俺と加奈子《かなこ》の物語。

一夏の騒動が、本格的に始まった。

海で夕方まで遊びほうけたってのに、その翌日も、昼過ぎに待ち合わせた。

カフェで雑談をして、なんでもない時を過ごす。

「なぁなぁ♪」

俺の彼女が、対面から、いつものように笑顔を向けてくる。

「あたしたちってぇ、付き合ってからもう結構経《た》つじゃん？」

「一週間も経《た》ってねーよ」

「だっけぇ？」

そーだよ。

「さてはオマエ、例のドレイ期間を勘定に入れてるだろ」

「ひひひ」

まぁ、思い返してみりゃ、こいつとは正式に付き合い始める前に、さんざんデートみたいなことをしてきたからな。

俺も、ずいぶん長く付き合っているかのように錯覚してしまう。

しみじみとコーヒーを飲む。

「しっかし——付き合っても、別にあの頃と変わんねーな」

「……へらへらしやがって」

俺が現状肯定をすると、加奈子《かなこ》の機嫌が悪くなる。

「おまえよ～、こんなに美人の彼女に対してそっけなさすぎじゃね？」

「プッ」

美人の彼女wwwwwwww。

「オイ！　なに笑ってんだ！」

「笑ってないよ？」

「ウソつけぇ！　絶対笑った！　ぷぷって笑った！　あーもーっ、せっかく付き合い始めたのに、マジでなんも変わんねーじゃん！」

文句をぶつけられた俺は、笑いの余韻を残したまま、おどけた声を出す。

「海、連れてってやったろ」

「アレ、なんかちがかったの！」

「なにが？」

「あやせに邪魔されっしぃ、砂ん中埋められっしぃ」

「俺のせいじゃねーし。おまえがあやせを無駄に煽《あお》ったせいだろ」

殺されなかっただけ有り難《あ》《がた》く思うべきだぞ。

「顔だけめっちゃ日焼けしちゃった！」

「そのあと身体《からだ》も焼いたじゃん、バランス取るために頭に紙袋かぶって。アレは中々面白い絵面だったぜ。ちゃんと写真撮っといてやったから」

「消せ！　そんな写真！」

こいつとの会話は、異様なほどにテンポがいい。

こういうのも、打てば響く関係というのだろうか？

なんつーか、加奈子《かなこ》が聞いたら怒りそうだが……。

口論をしていても、楽しくてしょうがないんだ。

「さっきからなに怒ってんのおまえ？　なにが気に入らないわけ？」

「付き合い始めてからのおまえの態度全部！」

ビシ！　と、人差し指を突きつけてくる。

「昨日もさー、特別大サービスでサンオイル塗らせてやったのによぉー、可愛《かわい》い彼女の背中にさァ～。なのにオメー超めんどくさそうに塗ってたし。ちっともドキドキしてなかったじゃん」

紙袋被《かぶ》ってる女にドキドキしてたまるか。

むしろ笑いを堪えるのが大変だったぜ。

「ああ……あのサンオイル塗ってるとき、なんかクネクネしてたのって、もしかしてセクシーポーズのつもりだったのか？」

「……くっ……ぐぬぬぬ」

加奈子《かなこ》は、しばし歯を食いしばって屈辱に耐えていたが……。

やがて、率直に主張を始めた。

「だーかーらぁ。もっと、なんてゆーかこー、彼氏っぽく接して欲しいんだよね、ちゃんと」

「いちゃいちゃしたいと」

「……は、はっきり言うなヨ」

恥じらう顔は、可愛《かわい》いんだが。

何故《なぜ》か、素直にそう言ってやる気にはなれない。

いじわるしたくなる。

「まあ、おまえの言うことはもっともだ」

「だべ？」

「俺たち付き合ってるんだもんな」

「だべ？」

「今日はカラオケでも行っていちゃいちゃするか」

「おっ、そーこなくっちゃ！」

途端にノリノリになる加奈子《かなこ》。

そうか……こいつって……。

——めちゃくちゃ歌が上手《うま》いんだっけ。


俺たちは、さっそくカラオケボックスへとやってきていた。

部屋に着くなり、マイクに飛びついた加奈子《かなこ》は、俺も知っている『あの歌』を熱唱している。

「め～るめるめるめるめるめるめるめ～♪」

『星くず☆うぃっちメルル』の主題歌『めてお☆いんぱくと』だ。

へっ……。

楽しそうに歌っちゃってまあ。

よっぽど歌うのが好きなんだな。

初めてこいつのライブを観《み》たとき、意外とアイドルの才能があるのかも——なんて思ったもんだけど。

俺の見る目は、確かだった。

歌が一区切りし、間奏に入ったところで、

「おい！　きょ～すけぇ！」

「お〜、どした？」

「デュエットしよっぜー♪」

「はあ!?　……お、俺に……この、メルルの曲を、歌えって？」

「おう！」

「おま、マジで言ってんの？」

「マジマジ。カラオケ行って、いちゃいちゃするって言ったろ？」

……そういう意味で言ったわけじゃなかったんだが。

「はーやーくぅ、一緒に歌おっぜー」

可愛《かわい》い彼女の頼みだもんな。

ええい。

「よし、やってやるぜ！」

「そーこなくっちゃ！　んじゃ、いっくぜぇ〜ッ」

「『星くず☆うぃっちメルル』っ、はっじまっるよぉ〜〜〜☆」

もう、やけくそだった。

俺は加奈子《かなこ》と肩を組んで『めてお☆いんぱくと』を熱唱したのだった。

騒がしい時間はあっという間に過ぎていって――

俺たちは並んで店を出る。

「あー楽しかった！」

加奈子《かなこ》は両腕を振り上げて、そのままいっぱいに伸ばす。

本音をそのまま口にしているのだ、と。

疑う余地のない台詞《せりふ》に、安息を覚えた。

「満足したか？」

「おう！」

「そりゃよかった」

「でもぉ、まだちょっと足りないっかなぁ～」

ダンスのような動きで、加奈子《かなこ》は俺の前に回り込む。

「ねぇ、京介《きょうすけ》」

「んー？」

加奈子《かなこ》は目を瞑《つぶ》って俺を見上げ……

「んっ」

唇を、とがらせた。

「……なっ」

「ほーらぁ……んっ」

さすがにその仕草の意味を、間違えるわけもない。

「な、なに考えてんだ⁉　んなことできるか！」

反射的に拒否すると、彼女は目を半分だけ開き、すぼめた口から不満を漏らす。

「ちぇ〜、へたれやがってよぉ〜。キスくらいいーじゃん」

そして、普段の彼女からは考えられないくらい色っぽい表情と声で――

「――もう、一回、しちゃったんだからさ」

うげっ！

「お、おまえ！　人前でなんてことを……！」

「ん〜？　なんのことぉ〜？　加奈子《かなこ》、分かんな〜い」

「ぐぬっ……こ、この」

性格悪ぃ〜〜ッ！

……なんでこんなクソガキと付き合ってるんだ、俺は……？

「きゃははは。まッ、このへんで勘弁しといてやんよ、チキンくん」

「へいへい。――帰るぞ」

俺は赤面した顔を隠すように、踵《きびす》を返《かえ》す。

あぁ、そうそう。おちょくられて腹立たしいが、一応彼女だし、聞いておかねばな。

「送っていってやろうか？」

「ん――……どーしよっかな」

「そういや、おまえん家ってまだ行ったことねえな。この辺にあんの？」

「まあねー。――来る？　家族に紹介してやんよ」

「……か、家族に紹介だと？」

俺は、思い切り動揺してしまう。一方、加奈子《かなこ》は、軽い調子のままだ。

「おう。や、実は今日、最初からそのつもりだったんだよね。ホントは待ち合わせた店で、その話しよーと思ってたんだよ」

「ああ……そういえば」

――あたしたちってぇ、付き合ってからもう結構経《た》つじゃん？

「……あれは前フリだったのか」

「そうそう」

「…………………よ、よし。行こう」

かなりの覚悟を決めて、俺は言った。

なんてったって彼女の家族と初めて会うんだ。

内心、怯《ひる》まないわけがない。だが、怯《ひる》んだところを見せるわけにもいかない。

男なら――いや、女だって、俺と同じように考えるだろうよ。

好きな相手なんだからな。

「おっけー。んじゃ、ウチこっちな」

どこか上機嫌に先導する加奈子《かなこ》と並んで歩きながら、俺は、勇気を奮い立たせるのだった。

……………………うう。

悪い、前言を翻《ひるがえ》すようでなんだが、勇気を出すまで、あと数分欲しい。

「……彼女の両親に挨拶か……ちと緊張するな」

俺の人生の中でも、最大級のイベントかもしれん。

どこまで俺のへたれっぷりを見透かしているのか、加奈子《かなこ》は苦笑して、

「そんなしゃっちょこばんなくてもダイジョーブだって」

「……そうはいうがな。なぁ……『お嬢さんを僕にください』とか、言った方がいい？」

「あん？　あたしたち、ケッコンをぜんてーに付き合ってんの？」

「え？　違うの？」

付き合うって、そういうことだろ？　好き同士なんだから。

「べ、べつに……ちがわねーけどぉ」

加奈子《かなこ》は、俺の好きな表情で、赤くなっていく。

「じゃ、じゃなくてっ！　あ、あたしまだ中学生だし……！」

「お、おう。そういう話すんのは、まだ早いよな、考えてみりゃ」

「そ、そーだよっ……ま、まったく……ばかなんだからよ」

ここまでは、甘酸《あまず》っぱい、こっ恥ずかしいやり取りだった。

「つか、それに――」

「――ウチ、親いねーし」

あまりにも、なんでもないことのように言うものだから。

俺は、うまく反応できなかった。遅れて理解がやってきて――

それでも、なにも、言えなかった。

加奈子《かなこ》に連れられやってきたのは、千葉中央駅付近にあるマンションだ。

なんとも野暮な感想になってしまうが、かなり家賃の高そうな物件である。

ふたり並んでエレベーターを降り、角部屋の前へ。

加奈子《かなこ》は、扉を開けて、中に向かって声を掛ける。

「ただいまー」

「おかえりー」

愛らしい女性の声で、返事がきた。加奈子《かなこ》は、こちらをちらりと見上げ、

「ちょっと玄関で待ってて」

「お、おう」

俺を玄関に残し、彼女は中へと入っていく。準備とか、色々あるのだろう。

……ここが加奈子《かなこ》の家か。

掃除の行き届いた、ぴかぴかのフローリングに、幾つかのダンボールが積まれている。

扉があって、ここからは、部屋の中まで見通せない。だから、これはなんとなく……という印象でしかないんだが、生活感が薄い気がした。

どちらかというと、仕事場や事務所めいた雰囲気がある。

……さっき親がいないって言ってたけど。

もちろん加奈子《かなこ》が、ひとり暮らしをしているわけがない。

とすると……じゃあ、いまの声って。

なんて考えていると、加奈子《かなこ》が戻ってきた。

「お待たせ。──上がれよ」

「あ、ああ。──お邪魔しまーす」

「はーい」


再び、さっきの声が、俺を歓迎してくれる。

「なあ、加奈子《かなこ》。いまの声って」

「姉貴」

「あ、姉貴？」

「おー。慌てんなって、いま紹介してやるからヨ」

俺を先導して廊下を進む加奈子《かなこ》は、扉を開けて、

「姉貴ー、これ、あたしの彼氏」

さっそく俺を紹介した。

つまびらかになった室内は、完全に仕事場といった有様《ありさま》で、部屋の中央に、複数の机が集められていた。机上のあちこちに、書籍やら紙束やら謎の道具類やらが、うず高く積まれている。

壁面には背の高い本棚が並び、わずかな空きスペースには、黒猫《くろねこ》がいつもコスプレしている漫画作品である『Maschera～堕天した獣の慟哭《どうこく》～』のポスターが貼られている。

そんな異世界で、俺を待っていたのは——

「うわ〜〜初めまして〜〜〜、加奈子《かなこ》の姉の、来栖彼方《くるすかなた》です♪」

加奈子《かなこ》によく似た少女だった。

来栖彼方《くるすかなた》さん、というらしい。

ハイテンションではしゃぐ彼女は、愛らしいという表現がぴったりだ。

見るからにクソガキオーラを放つ妹とはまた違う、正統派の美少女とでもいおうか。

なんとなく、『さん』を付けてしまったが……。

年下……せいぜい高一くらいにしか見えない。服装によっては、中学生と間違われそうだ。

……何歳なんだろう？

つい、マジマジと見てしまう。そこで隣の彼女様からツッコミが入った。

「……おい、鼻の下伸ばしてんなョ」

「の、伸ばしてねえって」

言い訳をする俺を、彼方《かなた》さんは「くすくす」と笑って見守っている。

「あたしのことはぁ、『かなかなちゃん』って呼んでくださいネッ♡」

姉妹揃《そろ》って同じことを言ってきやがる。

この人も加奈子《かなこ》みたいに、猫を被《かぶ》ってたりして。

「こほん。──こちらこそ初めまして。高坂京介《こうさかきょうすけ》です」

俺は、わずかな動揺から立ち直り、自己紹介をした。

すると──

「んんっ？」

机に向かって作業をしていた、もうひと、、、、りの人物が、顔を上げ、俺を見た。

でもって、開口一番の台詞《せりふ》がコレだ。

「あっ！　おにぃちゃん♪」

「えっ？」

聞き覚えのありすぎる声。そして、見覚えのありすぎる顔。

「あっ……あ！」

俺と『その人』は、顔を見合わせて、驚き合う。

「あはは～♪　またお会いしましたねぇ～♪」

「あんた……ッ、ホント俺の行くとこどこにでも現れんな!?」

「そーいえば、ついこの間もお会いしましたねぇ～」

まさかこの人と、ここで会うとは……!?

彼女は星野《ほしの》きららさん。

アキバのメイド喫茶『プリティガーデン』で働くメイドさんだ。

なにげに、この人の私服姿を見るのは初めてだな。

彼女は、桐乃《きりの》が大好きなアニメ『星くず☆うぃっちメルル』──その主人公の声を担当している声優『星野《ほしの》くらら』のお姉さんでもある。

俺たちのやり取りを聞いていた彼方《かなた》さんは、きららさんに問う。

「ありゃりゃ、ほっしーのお知り合い？」

「はい、そうなんです、せんせー」

「どんな関係なのぉ？」

「えへへ……この人はぁ」

きららさんは、恥じらう仕草でこう言った。

「わたしのご主人さまなんですよぉ～♪」

「アンタって人はぁ～～～～～～～～～～～～～～～～～～！」

爆弾発言をかき消さんと叫ぶ俺であったが、もちろん彼女様には丸聞こえだ。

ジロリと白い目で、睨《にら》み付《つ》けてくる。

「……おいてめぇ、浮気《うわき》どころじゃねぇぞこらぁ」

「違う誤解だ聞いてくれ！」

必死だった。俺は、元凶たるきららさんに懇願する。

「マジ勘弁してくださいよ！　なに？　この前といい今といい、あんた俺の世間体を破壊するのが趣味なんすか？」

「ほぁ〜……おにぃちゃんが、加奈子《かなこ》ちゃんの彼氏さんなんですかぁ？」

「しれっと話を戻さないでください！」

「そもそも、そのおにぃちゃんという呼び方にもツッコミてーんだけど」

加奈子《かなこ》の気持ちはよく分かるぜ。

だがな、説明すると長くなるんだよ！

ここはひとまず、きららさんへの説明に集中する。

「……紹介されたとおり、俺は加奈子《かなこ》の彼氏ですよ。奇遇ですね、マジで」

「でもでもぉ、この前一緒にいた黒髪の娘はどうし、」

「あやせのことっすよね⁉　あいつとは別に何でもないですから⁉」

「あ、そうなんですか」

心臓に悪ィ〜〜〜〜〜〜〜〜〜〜〜〜〜〜〜ッ！

絶対言うと思ったわ！　忘れているヤツ向けに超簡潔に説明すっと、つい最近、あやせにアキバ紹介をする機会があって、そんとき『プリティガーデン』にふたりで入ったんだ。

ただそれだけのことなのに、きららさんは、ひたすら火のないところに煙を立てようと試みる。

「ふふふっ……わたし、てっきりあの娘が、おにぃちゃんの彼女なのかとばかり思ってましたよーう」

「…………」

「…………」

部屋が沈黙に包まれた。加奈子《かなこ》も、彼方《かなた》さんも、黙したまま、じっと俺を見つめてくる。

こちらとしては、怯《ひる》まざるを得ない。

「な、なんすか？」

「えっと、きょーすけくんって呼べばいい？」

「は、はい」

「――ちょっと、お姉ちゃんとお話ししよっか」

恐ろしい笑顔だった。完全に『妹を騙《だま》しているクズ男』を見る目。

……彼女の家族との初対面……大事な大事なイベントだってのに……。

初っぱなからキツい状況に追い込まれてしまった。

面白半分に俺を陥《おとしい》れたメイドが恨めしくてしょうがねえが――こうなったからには、覚悟を決めるぜ。

「よろこんで」

俺は、彼女の姉に向かって、踏み込んでいった。

　数分後──。


　俺は、たっぷり時間をかけて釈明した。

「──というわけで、俺は無実です。分かっていただけましたでしょうか」

「そっか、誤解だったみたいだね～。ごめんごめん」

　その甲斐《かい》あって、姉君の心配を取り除くことができたようだ。

「ふぅ～」

　ひとまず窮地は脱したか。

　手の甲で額の汗を拭った俺は、呆《あき》れまなこの加奈子《かなこ》に向かって、

「フッ、見たかよ。これが土下座王《キング》の実力だぜ」

「おまえちょー必死だったよな」

「おうよ。未来の義姉《ねえ》さんに嫌われたらたまらんからな」

「ばっ……なにいってんだっ！　キメエ！」

　グーで腹を殴ってくるが、非力なのでノーダメだ。

恥じらう顔を楽しむ余裕さえあった。

ふと気付けば、そんな俺たちのやり取りを、彼方《かなた》さんが興味深げに眺めている。

「……ふーん」

「……ん、んだよ姉貴」

「なんでもないよー。カナちゃんに好きな人ができて——よかったなって」

「……ふん」

祝福された加奈子《かなこ》は、照れたのか、そっぽを向いてしまった。

さて。

自己紹介が済んで、誤解が解けて、ようやくまともな会話ができる状況になった。

「お姉さんは、その——もしかして」

俺は、この部屋に入った瞬間から抱いていた疑問を口にした。

「漫画家なんですか？」

「うん、そだよー」

「やっぱり！　すげーっ！」

素直な感動が胸を満たす。漫画家と話す機会なんて、生まれて初めてだ。

「てことは、きららさんも？」

「わたしはせんせーの臨時アシスタントでぇす♪」

最近のメイドは、そんなことまでできるのか。

多機能だなオイ。

「いつもは漫画家志望の妹がアシスタントをやってるんですけどぉ、今日はたまたまこられなくて。それで今日は、わたしが代わりにお手伝いしてるというわけなんですよ～」

「へぇ……」

そういえばこの人には、くららさんの他にもたくさん妹がいて、みんなそっくりの顔をしているのだ。

その中に、同人作家をやっている妹さんもいるらしい。

何を隠そう、俺も夏コミで会ったことがある。

「まさかそのおかげで、おにぃちゃんと再会できるなんて～。世間って狭いですね」

「まったくっス」

実のところ、彼方《かなた》さんと沙織《さおり》は深い深い知り合いで、そこには『世間は狭い』じゃ語りきれない物語が秘められているのだが――もちろんこのときの俺には、知るよしもない。

そして、語るべきでもない。

「ほっしー、じゃあ、ちょっと休憩にしよっか」

「はぁい。じゃ、わたしお茶をいれてきますね～」

――そうして。

俺たちは、きららさんのいれてくれた美味《うま》いお茶を飲みながら、しばし雑談したのである。

『加奈子《かなこ》の家族との初対面』を終えて――

「お邪魔しましたー」

「はぁい、きょーすけくん、また来てちょーだいね」

「姉貴ー、あたし京介《きょうすけ》を外まで送ってくから」

「はいはーい♪」

楽しい時間が終わり、俺と加奈子《かなこ》はマンションの外へと出てきた。

真っ赤な夕陽《ゆうひ》が、ビルの群れに飲まれていく。

灼《や》けた空を見上げていた俺は、視線をゆっくりと戻し、加奈子《かなこ》を見る。

「――今日は、色々サンキュな」

「おう。悪かったな、うるせー姉貴で」

「そんなことねーよ。いいねーちゃんじゃねぇか。若くて可愛《かわい》くて才能があって、その上妹想《おも》いで、最高だろ」

性格はちょいとチャラいけどな。

俺も見習いたいもんだ。

「………………」

彼方《かなた》さんを本心から褒めちぎっていると、加奈子《かなこ》が何故《なぜ》か不満そうにしている。

「？　どした？」

「……加奈子《かなこ》より、姉貴の方が好みなのかよ」

「ぷっ、なに言ってんだおまえ」

「笑うなっ！　こっちはマジな話してんの！」

……おお、怒ってる怒ってる。

さて——どう答えたもんか。

「やっぱ年上が好きなのかよ」

「いや、別に？」

特にこだわりはない。

「……ふんっ、あんなババァのどこがいーんだっつーのぉ」

「ババァって。そんな歳《とし》じゃねーだろあの人」

さっきは彼方《かなた》さんについて、『高校生っぽい』とか『中学生っぽい』みたいなことを言ったが。

ぶっちゃけ小学生にさえ見えるだろ、あの人。

それだとさすがに『加奈子《かなこ》の姉』ってことと矛盾してしまうので、年上なんだろうとは思うのだが。

「ケッ、十六歳以上はもうババァなんだよ」

「オマエいま、もの凄《すご》い暴言を口にしたぞ⁉」

もうPSPの時代じゃねぇんだ。

いまのご時世、その手の発言はマジでやべーから自重して欲しい。

「……あのなあ。一回しか言わねーから、よく聞いとけよ」

俺は、片手で頭をかきむしり、それからハッキリと言う。

「元々おまえは、俺の好みでもなんでもないわけ」

「……っ」

「でも、俺は、おまえのことが好きなんだ。だから彼氏になったんじゃねぇか」

「あ……」

「そこは彼氏を信じてくれよ、な？」

本心を、真《ま》っ直《す》ぐ伝える。

「…………………」

加奈子《かなこ》は、しばらく黙って、俺を見つめていたが……。

「……しょうこ」

「へっ？」

「ならさ……加奈子《かなこ》のこと好きだって証拠、見せてよ」

そう言って――

彼女は、目をつむった。

意味は、さすがに……分かる。

「…………ごく」

顔が一気に熱くなってくる……。

駅前ほどではないが、人通りが皆無というわけではない。

けど…………………………………………。

こいつが勇気、出したんだもんな。

応えてやらなきゃ、彼氏失格だ。

俺は、そっと顔を寄せて、

「……証拠、見せたぞ」

加奈子《かなこ》の額に、口づけをした。

「…………ん」

加奈子《かなこ》は、ゆっくりと目を開け、己の額に触れる。

それから、

「っへへ」

くすぐったそうに、笑った。

「やっぱロリコンだな、おまえ」

「へっ、言ってろ」

あぁ、こっ恥ずかしい。脳みそまで、茹《ゆ》で上《あ》がりそうだ。

だけど、彼女にこんな表情をさせることができたんだ。

満足に、決まっている。

加奈子《かなこ》と別れたあと、ほどなく電話が掛かってきた。

「ん？　――はい」

『きょーすけく〜ん！　見てたよーん♪』

「なっ！」

携帯から聞こえてきたのは、彼方《かなた》さんの声だ。

『お別れのチューとか！　生意気なことしちゃってさあ！　うへへへへ♪』

さてはこの人、コッソリ後を付けていやがったな！

『ちょ、姉貴！　誰と電話してんだよ！　オイ！』

『ひひ、これぞ青春ってカンジぃ？　いいもの見せてもらっちゃったぁ♪』

向こう側で、姉妹が揉《も》めている声が聞こえてくる。

「も、もう切りますからね！」

『あ！　待って待って！　最後に一言だけいわせて！』

「……なんすか」

『いまのはおクチにちゅーするとこでしょ〜？　ただいまのきょーすけくんは六十点〜。もっとがんばりましょ〜う』

「うるせえよ！」

勢いよく電話を切って、げんなりと肩を落とす。

くそう……。

──俺、あのファンキーな小姑《こじゅうと》とやっていけんのかな。

■ore no imouto ga
konnani kawaii
wake ga nai⑰
kanako if
第三章

彼方《かなた》さんたちを紹介された日の夜。

俺は、部屋で加奈子《かなこ》と電話をしていた。

『なーなー京介《きようすけ》ぇ♡』

携帯からは、馴《な》れ馴れしい彼女の声が聞こえてくる。

俺も加奈子《かなこ》も、上機嫌だ。今日のデートは、大成功だったらしい。

『明日は、どこ連れてってくれんの？』

「……そうだな」

さあて……どう答えよう。

「ウチとかどうだ？」

『あん？　ウチって……おまえん家のこと？』

「おう。明日、親父《おやじ》がウチにいる日だからよ」

「──おまえを紹介しようと思うんだ」

『ええっ!?　──マジでぇ？』

「マジマジ。ダメか？」

『や……だめじゃないけど……え〜っ！　やばい……きんちょーしてきた』

加奈子《かなこ》の声が、本気で切羽詰まっているもんだから、苦笑しちまった。

「大丈夫かよ？」

『……桐乃《きりの》から聞いたんだけどさー、怖いんでしょ？　親父《おやじ》さん』

「まぁな」

『地獄の鬼みてーなツラなんでしょ？』

桐乃《きりの》のやつ、とんでもねえ紹介の仕方してやがる。

本人が聞いたら泣くぞ。

「まぁな」

『むりむりむりむり。うひぃ～、話聞いてるだけでオシッコしたくなってきたもん』

「さっさと行ってこい！」

『うーい』

……ったく。

「…………………………………………………………………………………」

『でさー』

「トイレに携帯を持って行くんじゃない！」

『チッ、うっせーな』

「部屋に置いてけよ」

『はいはい、わーったよ』

……今度こそ行ったらしい。

やれやれ……デリカシーってもんを、もうちょい身につけて欲しいぜ。

……はぁ。

ため息を吐いたときだ。

『もしもーし、きょーすけくん？』

加奈子《かなこ》とは違う、愛らしい声が聞こえてきた。

「えっ⁉ か、彼方《かなた》さん？」

『ですです。──いまちょっと聞こえちゃったんだけど、カナちゃんをご家族に紹介するんだって？』

「ええ、そのつもりです」

『そっか。じゃ、話しちゃおっかな』

「？　はあ」

彼方《かなた》さんは、おそらく意識して──軽い口調で、語り始めた。

『……あたしたち、親と仲が悪くてさ。で──いま姉妹でふたり暮らししてんだよね』

「…………………」

重すぎる内容に、絶句した。

それを察したのか、彼方《かなた》さんの語り口は、さらに明るいものへと変わる。

『あはは、いわゆる複雑な家庭環境ってやつ？』

…………そうだったのか。

だから、

――ウチ、親いねーし。

あいつは、あんなことを。

『あ、深刻っぽく取らないでよ？　あたしたちにとっては、こんなの全然たいしたことないんだから。シリアスモードになられると、むしろ困るかな』

「分かりました。シリアスにならんように聞いときます」

複雑な家庭環境、か。

『そうしてくれると助かるよ。で、えっと、結局なにが言いたいかっていうとね。――カナちゃん、まともな家庭ってのに免疫ないから、すっごい緊張しちゃうと思うんだ。だから――』

「フォローします、俺が」

みなまで言わせず、請け負った。

「任せてください」

『……ありがとう』

しんみりと、本心が伝わってくる声。

しばしの沈黙があってから、

『すっごいね』

「え？」

『――カナちゃん、いい人見つけたよ』

どきり、と、心臓が高鳴る。

『さっき初めて会ったときは「ヤバ……姉妹揃《そろ》って男の趣味同じじゃん」ってハラハラしたんだけどさ』

「ど、どういう意味ですか⁉」

『あはははは』

先とは違う、気遣いのない、自然な笑い声。

それから、彼女らしい奔放な口調で、

『安心したって意味♪』

――『ふぃ〜、すっきり』

『おおっと、戻ってきやがったか！　んじゃね、きょーすけくん。——愛してるよん♡』

それきり、彼方《かなた》さんの声は聞こえなくなり、代わりに、

『おまたー』

俺の彼女が帰ってきた。

もちろんいまのやり取りは、内緒にしておくさ。

「おう。で、加奈子《かなこ》——結局どうする？　マジでキツいなら、また今度でもいいけど」

『うーん、いまトイレで考えてたんだけどよー。……結局、いつかは会わなくちゃなんねーんだよなぁ。おまえの親父《おやじ》さんにさぁ』

「まぁ、付き合ってりゃ、いつかはな」

俺が、加奈子《かなこ》の両親に会う日も、いつかくるのだろうか。

『じゃ、明日会うわ』

「そか」

あっさりとした答えに、あっさりと答える。

緊張させたって、しょうがねえ。

それに……頼まれて、請け負ったし。

そういった、諸々《もろもろ》の気持ちを込めて——

「まぁ、安心しとけ。俺が付いててやるからよ」

『…………へっ？』
……フッ、決まった。
この女、いまので俺に惚《ほ》れ直したね。
『ぷっ』
「オイ、いま噴き出したろ？」
「いや、だっておめー。「俺が付いててやるからよ」――ブフーッｗｗｗｗ』
「こ、このクソガキ……」
人の気持ちも知らねーで、爆笑していた加奈子《かなこ》だったが、
『うひゃひゃひゃ……ハァ……ハァ……』
やがて笑いを堪えるように、一言。
『頼りにしてんよ、京介《きょうすけ》♡』

そうして翌日。

俺は家族の揃《そろ》う朝食の席で、例の件を切り出した。

「親父《おやじ》、お袋。ちょっといいか」

「あら、なぁに？」

「どうした、京介《きょうすけ》」

両親は、素直な返事をしてくれたが、桐乃《きりの》だけは不審そうに、横目で俺をチラ見している。

俺は、つとめて明るい調子で、

「今日さ、紹介したい人がいるんだ」

「ほう」

「あら、もしかして――彼女とか？」

「……ぷ……なわけないじゃん」

俺は、小声でバカにしてくる妹にイラッとしながら、

「お、おう……実はそうなんだ」

「ブーッ！」

桐乃《きりの》がお茶を噴き出した。

ゲホゴホ！　と、美少女がしてはならない惨状で咳《せ》き込《こ》んでいる。

桐乃《きりの》ほどではないが、両親も目を丸くして驚いていた。

「京介《きょうすけ》、おまえ……彼女ができたのか」

「彼女ってあんた……」

いかん、予想以上に恥ずかしいな、コレ。

親に『彼女ができた報告』するのって、精神に負担が掛かりまくるぞ。

「で……実はその……もう、いま、家の外まできてもらってるんだ」

あのバ加奈子《かなこ》、早く来すぎなんだよ！

いつもは遅刻常連のくせに……まあ、待ち合わせ時間守らないって意味じゃ同じか。

俺の報告を聞いた親父《おやじ》は、やや焦《あせ》った様子で言う。

「そういうことなら、早く上がってもらえ」

「そうよ～、外は暑いでしょう」

「ああ……じゃあ、いまから連れてくる」

＊

そう言って――

京介《きょうすけ》は、リビングから出ていった。

動揺さめやらぬあたし――高坂桐乃《こうさかきりの》の前で、お父さんがそわそわしている。

「……京介《きょうすけ》に、彼女か」

「あの子もすみに置けませんねえ、お父さん」

「うむ……俺も歳《とし》を取るわけだ」

「でも――彼女って、どんな娘なんでしょうねえ」

「あの娘じゃないか、ほら、田村《たむら》屋の」

「麻奈実《まなみ》ちゃん？　でもあの娘なら、もう数えきれないくらい会ってるし、改めて紹介なんてするかしら」

お母さんは、しばらく考え込んでから、

「桐乃《きりの》は、なにか知らない？　京介《きょうすけ》の彼女のこと」

問われたあたしは、絞り出すように、小さな声を漏らす。

「……………………知らない」

気付けば、唇を嚙《か》んでいた。

もう一度、繰り返す。

「………………………………………………ほんとに知らない」

京介《きょうすけ》の彼女って…………。

誰？

「そう～、ふふふ、あたしの知ってる娘かしら～♪」

「嬉《うれ》しそうだな、母さん」

「お父さんこそ」

こっちの気も知らないで、お父さんも、お母さんも、ニヤニヤしている。

そこで、ノックの音が響き──

リビングにいる全員が、扉に意識を集中させた。

「あら、きたわよ」

「――どうぞ」

お父さんの低い声に応え、扉のノブが回る。

がちゃり。

＊

俺は、リビングの扉を開き、家族を見て、堂々と声を上げる。

「紹介するぜ。俺の彼女の――」

「ちーっす！　来栖《くるす》加奈子《かなこ》でぇす♪」

俺と加奈子《かなこ》以外の全員が、目をまん丸に見開いた。

「か、加奈子《かなこ》……!?」

「……加奈子《かなこ》ちゃん？」

桐乃《きりの》とお袋が、俺の彼女の名を呼んだ。当然だろう。このふたりとは面識があるからな。

「よっ、桐乃《きりの》――ご無沙汰してまぁす、おばさま♪　初めましてっ、おじさまっ♪」

アイドルのステージに上がっているときのような、甘々《あまあま》なノリ。

猫を被《かぶ》ったぶりっこモードで、ぺこりとお辞儀をする加奈子《かなこ》。

しかし――

「…………………………」

「…………………………」

リビングは、静まりかえってしまった。

親父《おやじ》と桐乃《きりの》が、そっくり同じポーズで腕を組んで、厳しい眼差《まなざ》しを加奈子《かなこ》に向けている。

「……あ、あれ」

さすがの加奈子《かなこ》も、やらかしたかな？　みたいな顔で怯《ひる》む。

こそっと俺に耳打ちし、

「……おい、京介《きようすけ》、すべったんじゃね？」

「……ど、どうやらそのようだな」

「……やばくね？」

「ごほん！」

大きな咳払《せきばら》いが、俺たちの心臓を突き刺した。

「来栖《くるす》加奈子《かなこ》さん……と言ったね」

棘《とげ》のある、低い声。

「高坂大介《こうさかだいすけ》だ。初めまして」

「は、はぁ」

「そうかたくならず、普通に話してくれ」

「……え？」

「猫を被《かぶ》るのも疲れるだろう」

……うお、一発で見破られてるじゃねーか。

「……ばーか、お父さんにブリッコなんて通用するわけないじゃん」

不機嫌そうな桐乃《きりの》が、見下すように、そう言ってくる。

……そうだった。

親父《おやじ》は嘘《うそ》を見破るのが超上手《うま》いんだっけ。

なにせ本職だから。

お得意のブリッコを封じられた加奈子《かなこ》は、どうするのかと思いきや、

「マジッスかー！　じゃー普通に話しま――す」

「……げ」

バカ正直に、バカ丸出しの喋《しゃべ》り方になっていた。

仕草まで、一瞬にしてアホっぽくなるのが、さすがの加奈子《かなこ》であった。

「おっちゃん、なかなか話分かるじゃ～ん」

「……お、おっちゃん」

「あ、でも加奈子《かなこ》ぉ、演技とかちょー得意なんでぇ、別に疲れたりしねーから。気にしないでいいよん♪」

「…………………」

「あ、えっと、お父さん。加奈子《かなこ》ちゃんはね？」

あまりにも気まずい空気に耐えかねたのか、お袋がフォローを入れてくれる。

「桐乃《きりの》のクラスメイトで、よくウチに遊びに来てくれてるのよ～。ねっ、桐乃《きりの》？」

「……あたし、上行ってるね。どーせ邪魔だろーし」

話を振られた桐乃《きりの》は、冷たい一言を残し、リビングから去って行ってしまう。

な、なんだあいつ。

友達のフォローくらい、してくれたっていいだろ。

一方、親父《おやじ》と加奈子《かなこ》によるヤバめの会話は、続いている。

「……演技が得意とのことだが、部活動かなにかかね？」

「は？　ちげぇし。加奈子《かなこ》ぉ～、ぶっちゃけアイドル目指してっから。歌ってぇ、踊ってぇ、女優としても活躍するよてーだから。そこんとこ、間違えないでくんね？　ひひっ」

……やべぇ。

彼氏の両親との初対面がこれかよ。

演技で乗り切れるんじゃねーかって、ちょっとだけ期待していたんだが――

順当に無理だったな。

まあ、仕方ない。

ありのままを見せなくちゃ意味がないという考え方もある。

諦めて方針を再設定した俺に、親父《おやじ》が視線を向けてきた。

「おい、京介《きょうすけ》」

「おう、なんだ、親父《おやじ》」

「……こ、この子でい、いいんだな？」

親父《おやじ》の、この聞き方で、遅ればせながら加奈子《かなこ》も、事態を正しく認識したらしい。

「きょ、きょうすけぇ」

不安そうに俺の目を除きこむ。

――心配すんなって。あんとき、おまえは笑いやがったが……言っただろ？

俺が付いいててやるってさ。

『この子でいいのか』だと？　決まってるだろ――

「――当たり前だ」

「そうか」

親父《おやじ》は、重々しく頷《うなず》いて、しばし沈思した。

お袋も、加奈子《かなこ》も、はらはらした様子だった。

そんな中、親父《おやじ》は、口を開いた。

「京介《きょうすけ》、俺はおまえを信用している」

短い一言で、想《おも》いを伝えてくる。

「――言いたいことは、分かるな？」

よーく伝わったぜ。

きっと、加奈子《かなこ》にもな。

「――――むかつく」

家から外に出たとたん、加奈子《かなこ》がボソッと呟《つぶや》いた。

「よーするにさー。親父《おやじ》さんが言いたいのって。加奈子《かなこ》みたいなバカは、息子の彼女にゃ認めねーってことなんだろ」

「おう。とりあえず初対面じゃ、親父《おやじ》のお眼鏡にゃ適《かな》わなかったようだな」

「おい！　他人事《ひとごと》みてーに言ってんじゃねーよ！　やべーじゃん！」

「なんで？」

「だ、だってさ！　あたしと付き合うこと、親に反対されてるようなもんじゃんか！」

「それがどうした」

あっさりと言ってやる。

「……え……」

「俺が誰と付き合うのかは、俺が決めることだ。親は関係ない」

その場でかがんで、視線を合わせ、

「だろ？」

「う、うん」

弱気になっているからか、珍しく素直な返事。

加奈子《かなこ》は、しょんぼりと俯《うつむ》いてしまう。

「……でも、むりだって」

「どうして？」

「あたし……いつも、親とか、大人には嫌われてばっかだからさ。じゃなきゃ――ステージでもねーのに演技なんて、しねーし」

ああ……そっか。

バカのくせに妙にブリッコ演技が上手《うま》かったのって。

アイドルになるための練習だけじゃ、なかったんだな。

「──大丈夫だ」

俺は、自分の胸を叩《たた》いて言った。

「俺はおまえのいいところをたくさん知ってる。親父《おやじ》は知らない。それだけのことだ。安心しろよ。親父《おやじ》だって、すぐにおまえのことが好きになるさ。絶対だ」

なっ？　と、掌《てのひら》を加奈子《かなこ》の頭の上に乗せる。

加奈子《かなこ》は黙って、されるがままになっていた──。

加奈子《かなこ》を家まで送っていき、家へと戻る。

玄関で靴を脱ぎながら、ため息を吐いた。

「……ふーっ」

──俺が誘ったせいで、加奈子《かなこ》にキツい思いをさせちまったな。

彼方《かなた》さんに、俺がフォローしますって大口叩《たた》いておいて。

家族への紹介。

避けては通れない道とはいえ、責任を感じる。

「もう少し上手《うま》く行くと思ったんだが──」

……というか。

桐乃《きりの》のやつは、どーして俺たちの味方をしてくれなかったのだ。

ふたりでフォローしていればもうちょっと――

――噂《うわさ》をすれば、影。

桐乃《きりの》が、二階から降りてきた。

俺は、妹の前に歩み寄るが、

「…………………」

桐乃《きりの》は、依然として不機嫌なままだ。冷たい目で、俺を見ている。

「なぁ、桐乃《きりの》」

「……なに？」

「おまえ、さっきのなに？」

「はあ？」

「俺が加奈子《かなこ》を紹介したときのことだよ。なんで助けてくんなかったんだ？」

「ふん、あんたの彼女でしょ？」

「おまえの友達だろう」

俺の言葉が刺さったのか、桐乃《きりの》は目をそらした。

「違うか？」

「違わない。……加奈子《かなこ》は、あたしの大切な親友だよ」

はっきりと言い切った。

だよな……。

こいつらの友情は本物だ。つい、この間、俺は間近で確認したんだ。

でも、だとしたら……どうして。

言葉にならぬ問いに、答えがあった。

「──こっちにも色々あんの」

「色々って」

「色々は色々。あんたには言えないし、言うつもりもない。悪いけどあたし、あんたたちの味方はしてあげられないから」

妹は、絞り出すように──

「……………ごめん」

小さな一言を残し、去っていった。

「………………………」

……そうかい。

よく分かんねーけど、おまえがそこまで言うなら、それだけの理由があるんだろ。

いまは追及しないでおくさ。

とはいえ……桐乃《きりの》の様子がおかしいのは、気になる。
……さっき、加奈子《かなこ》を家まで送っていったときのことだ。
こんなやり取りがあった。
——なぁ、加奈子《かなこ》。さっき桐乃《きりの》の様子おかしくなかったか？
——あー、なんか機嫌悪かったな。
——大好きなお兄ちゃんに彼女ができて、ムカついてたんじゃねーの？
「——あいつがそんなタマかっつーの」
加奈子《かなこ》には、他に心当たりがないみたいだったし。
あやせも、この前なんか怒ってたし……。
黒猫《くろねこ》も、夏コミで会ったとき——

——いまの私は……復讐《ふくしゅう》の天使〝闇猫〟よ。

なんか電波受信してた。
とても相談できそうな感じじゃなかった。
とすると……俺が相談するべき人物は……。
あいつしかいない！

自室に戻った俺は、さっそく『頼れるあいつ』に電話を掛けた。

『もしもしでござるー』

それはもちろん、彼女——沙織《さおり》・バジーナのことだ。

俺や桐乃《きりの》の親友で、オタクコミュニティ『オタクっ娘《こ》あつまれー』のリーダー。

ヘンテコな喋《しゃべ》り方、ぐるぐる眼鏡のオタクファッションに身を包んだ、背の高い少女。

年下の女の子である沙織《さおり》のことを、俺は、非常に頼りにしていた。

恩人だと、思っている。

きっと今回も、俺と加奈子《かなこ》の味方になって、いいアドバイスをくれるに違いない。

「沙織《さおり》、いまって電話大丈夫か？」

『もちろんでござるよ。むしろ、ちょうどよかったでござる』

「？」

『実は拙者《せっしゃ》、京介氏《きょうすけ》に、相談したいことがございまして——』

「おまえが俺に相談？　珍しいな」

『やはは、どうにも拙者《せっしゃ》ひとりでは難しい問題なのですよ』

「おまえからの相談なら、喜んで聞かせてもらうぜ。俺の用事なんて後回しでいいから、先に言ってみな」

こういうときに、恩返ししとかにゃ、どんどん沙織《さおり》への恩が降り積もっていくのだ。

快く相談を請け負うと、沙織《さおり》からは嬉《うれ》しそうな返事がきた。

『ありがとうございますでござる。実は――』

『黒猫《くろねこ》氏のことなのです』

「黒猫《くろねこ》のこと？」

『はい。拙者《せっしゃ》、最近家庭の事情で忙しくしておりまして、黒猫《くろねこ》氏とも会っていなかったのですが――先日、しばらくぶりにお目にかかりましたところ……』

「闇猫になってたんだな」

『京介《きょうすけ》氏もご存知でしたか⁉　アレはいったいどうしたことでござるか⁉』

珍しいことに、沙織《さおり》がめちゃくちゃ動揺している。

「いや、俺にも分かんねーよ」

マジでびっくりしたもの。

「俺さ、今年はあやせと一緒に夏コミに行ったんだ」

『あやせ氏と？』

「おう、ほら、例のオタク克服作戦の一環でさ」

『あ～』

このあたりで（本人の前でこんな表現をしたら殺されそうだが）『あやせルート』のおさらいをしておこう。

──わたし……桐乃《きりの》の趣味を、ちゃんと分かりたいんです。


俺は、あやせから人生相談を受け。

アキバに連れて行ったり、
沙織《さおり》と引き合わせたり、
コミケに連れて行ったりしたのだ。

ちなみにその際、様子のおかしい黒猫《くろねこ》とも遭遇した。

俺とあやせを恋人同士だと誤解したり、あやせに絡《から》んで、中二台詞《ぜりふ》で啖呵《たんか》を切ったり。

「──というわけで、あやせと黒猫《くろねこ》が喧嘩《けんか》になっちまったわけ」

『……ふうむ、なるほど。黒猫《くろねこ》氏の心が闇に呑《の》まれてしまったのは、京介《きょうすけ》氏のせいだったでござるか』

「……やっぱそうかな」

『ええ、間違いありませんな』

「俺が、あんとき、あいつを傷つけるようなこと、しちゃったんだよな、きっと」

神妙な声で、言った。

「情けないことに、それがなんなのか分からない。すまないが……教えてくれないか」

『……京介《きょうすけ》氏は相変わらずですな』

優しい声が、返ってくる。

『しかし――ひとまず問題はありますまい』

「どういうことだ？」

『京介《きょうすけ》氏は、あやせ氏と恋人同士になったわけではないのでしょう？』

「ああ」

残念ながら、かつて俺が目指したあやせルートは、消えてしまったようだ。

いまとなっちゃ、それでよかったと思っているがな。

『でしたら、それを黒猫《くろねこ》氏に伝えれば、すぐに機嫌を直してくれるはず』

沙織《さおり》は、本気で安心したらしく、明るい声を張り上げた。

『いや～、安心安心。取り越し苦労でしたな～、はっは～』

「おいおい、なーに一人で納得してんだよ」

俺には、まったく意図が伝わってねーぞ。

『申し訳ござらん。しかしこれは、なるべくなら京介氏には説明したくない事項でして』

「そうなのか？」

『ええ、ですから拙者《せっしゃ》の相談は切り上げて、京介《きょうすけ》氏のお話をうかがってもよろしいでしょうか』

「おまえがそう言うなら、そうしよう」

こいつが説明したくないというなら、その方が俺のためになるってことだろう。

「で——俺の話なんだけど……桐乃《きりの》のことなんだ」

『きりりん氏でござるか？』

「おう。実は今日、俺の彼女を家族に紹介したんだけど——」

俺は沙織《さおり》に、今日あったことを話して聞かせた。

すると、

『……きょ、京介《きょうすけ》氏、少々事情が変わりました』

急に沙織《さおり》の様子が変わった。

『……しばし考えをまとめる時間をくださいでござる』

いままでの沙織《さおり》からは信じられないほど、深刻な様子で、

『もしかしたら……拙者《せっしゃ》、京介《きょうすけ》氏たちの恋を……応援してはあげられないかもしれないでござる』

沙織《さおり》・バジーナ。

いつだって俺たちの味方をしてくれた、頼りになるリーダーは……

『俺と加奈子《かなこ》の恋を応援できない』

そう、申し訳なさそうに告げてきた。


その翌日も、俺は加奈子《かなこ》と会っていた。

「はぁ～」

常連となりつつあるカフェで、俺はため息を吐いて、伸びをする。

すると対面の加奈子《かなこ》が、からかい半分、心配半分の口調で、

「どったの京介《きょうすけ》ぇ？　なんか暗れーぞぉ？　可愛《かわい》い彼女と一緒にいんのに、しょぼいツラしてんじゃねーよ」

「すまん……ちょっと落ち込むことがあってなぁ」

沙織《さおり》が、あんなことを言うなんて……。

「そっかぁ」

加奈子《かなこ》は、パフェのスプーンを口に入れたまま、「んー」となにやら考え込んで、

「……加奈子《かなこ》のアイス食う？」

「俺は子供か！」

「キャハハハ。――元気んなったじゃん」

「……おまえってやつは」

そっちこそ、こないだ落ち込んでたろーに。

一晩明けたら、けろっとしやがって。

そういうところ、嫌いじゃないぜ。

心がわずかに軽くなる。

と、そこで加奈子《かなこ》は、パフェにのってるアイスをスプーンですくい、俺に向かって差し出してきた。

「きょーすけぇ、ほれ、あーん」

「お、おまえってやつは！」

冗談じゃなかったのかよ。

またしても、衆目の面前でこんな真似《まね》を……。

「早くしろヨ。こっちも恥ずかしいんだぞ。ほら、あ～ん」

「……しょうがねぇな」

手短に済まそうと顔を前に出すと、加奈子《かなこ》はスプーンをいったん引っ込めた。

「？」

なんのつもりだ、と、目線で問う。

すると加奈子《かなこ》は、

「い、一回だけだかんな？」

などと、恥じらいの表情を浮かべる。でもって、

「京介《きょうすけ》さん♪　あ～んして♡」

可愛《かわい》く言ってくれなんて要望をした覚えはない……！

ダメだ……目が本気だこいつ。

やるまで許してくれそうにない……。

…………………ああ、くそっ！　選択肢はないようだぜ！

「あ、あ～ん」

「おいちぃ？」

「死ぬほど恥ずかしいわ！」

「あたしもｗｗｗｗ」

「だったらやんなよ！」

「やっべｗｗマジやっべｗｗｗこれから思い出すたび死にそうになるｗｗｗ」

共通のトラウマになってしまった。

俺は、ぐったりとテーブルに突っ伏して、

「あー、死ぬ、マジ死ぬ……し、知り合いに見られてなくてよかった」

もしもこの現場を見られていたら自殺モンだぜ、ったく。

「……見てましたけど、ばっちり」

「「え⁉」」

俺と加奈子《かなこ》は、同時に声の方に振り向き――

「「ギャーッ！」」

二度目だよ、このやり取り！　もちろん今回も、現れたのは――

「あやせ⁉」

――だけじゃなく。

「……私もいるわよ」

その隣には、黒猫《くろねこ》の姿まで。

もう知っているだろうが、彼女は黒猫《くろねこ》。

長い黒髪にゴスロリファッション。中二病で創作が趣味。

そして、桐乃《きりの》の親友。

「な、なんでおまえまで！　つーかなんであやせと一緒にいんだよ！　おまえら――仲悪かったんじゃなかったの⁉」

つい先日、大喧嘩《げんか》をしていたばかりだ。それがこうして、肩を並べて現れるなんて。

驚きすぎて、目が回ってきたぜ。

「……っふ……」

「……ククク」

うっそりと昏《くら》く笑う美少女ふたりは、異様なオーラを発している。

これがPSPのADVだったなら、最終決戦のBGMが流れる場面だろう。

「……沙織《さおり》さんのおかげで誤解が解けまして。休戦したんですよ、お兄さん」

「彼女と私は、〝暗黒の同盟《ダークアライアンス》〟を締結したのよ」

中二ポーズでわけ分からん台詞《せりふ》を口にする黒猫《くろねこ》。

彼女は、さらにボルテージを上げていく。

「そう……〝浸食〟を受《う》け容《い》れ、黒き天使へと転生した彼女は、もはやスーパービッチなどではない」

黒猫《くろねこ》は、あやせを流し見て、

「……殺戮《さつりく》の闇天使《ダークエンジエル》〝タナトス〟と呼んであげて頂戴」

「勝手に変な名前を付けないでくださいっ！」

わりとぴったりな二つ名かもしれなかった。

「そして……我が名は復讐《ふくしゅう》の天使〝闇猫〟」

「話聞いてます？」

あやせのツッコミは、黒猫《くろねこ》には届かない。

背後にゆらめく黒いオーラが、見えるようだ。

黒猫《くろねこ》は、己が顔を片手で覆う。

「同盟者タナトスよ……あなたも同じ思いのはず。……呪わしい……呪わしい……このセカイの何もかもが呪わしいわ……恋愛などという幻想にうつつを抜かす……すべてのリア充どもに災いあれ」

グレすぎだろこいつ。

夏コミで遭遇したときよりも、さらに悪化してんじゃねーか。

「さぁ、闇天使《ダークエンジエル》……召喚者たる我が許可するわ。リア充どもを八つ裂きにしてしまいなさい」

「もぉ……何が八つ裂きですか。はぁ、まったくこの人は…………でも」

あやせの眼差《まなざ》しが鋭く尖《とが》り、俺たちを貫いた。

「……ふふ、一理ありますね。──加奈子《かなこ》？」

「ひっ」

「──お兄さん？」

「お、おう」

俺も加奈子《かなこ》も、蛇に睨《にら》まれた蛙《かえる》のごとく、すくみあがったよ。

あやせは、低い声で言う。

「わたしや黒猫《くろねこ》さんはともかく――桐乃《きりの》の気持ちを踏みにじったあなたたちを、わたしは許さない」

とんでもねえ迫力だった。

普段の俺だったら、土下座して謝る場面だよ。

だけど、それはできなかった。加奈子《かなこ》といるいまだけは、無理な相談だった。

「……ふーっ」

俺は、長い、長い、息を吐いて、それから、あやせたちを見据えた。

「よく分からんが、おまえらは俺と加奈子《かなこ》が付き合ってんのが気に入らないのか。それで文句言ってんだな？」

「…………はい」

「……そ、そうよ」

そうか、よく分かった。

なら、

「まず初めに言っておくぜ。加奈子《かなこ》は俺の彼女だ。俺が決めた、俺の彼女だ。文句は全部俺が聞く。――加奈子《かなこ》のいないところでな」

「きょう、すけ」

俺の彼女の声が、俺の名を呼んだ。

こいつを護《まも》らなくてはならない。俺が悪くとも、誰が相手だろうと。

「……そっか、一途《いちず》なんですね、お兄さんは」

俺の意思が伝わったのか、あやせと黒猫《くろねこ》、ふたりの威勢が、わずかに弱まった。

「行きましょう、黒猫《くろねこ》さん」

「……いいえ、彼等《かれら》に与えるべき苦痛はまだ――」

「出直しです。……人も集まってきちゃいましたし」

「くっ……」

黒猫《くろねこ》は、俺たちに向かって指を突き付けて、高らかに声を張り上げる。

「覚えていなさい愚昧なる人間ども……我が呪いは決して貴様等《ら》の魂を逃しはしない」

悪役すぎる捨《す》て台詞《ぜりふ》だった。

――そうして。

黒猫《くろねこ》とあやせは、俺たちの前から去っていった。

デートからの帰り道。

俺と加奈子《かなこ》の間に、会話はない。

付き合ってからは、ずっと騒々しい日々だったのに。

いまは、とても静かだった。

ゆっくりと、歩く。

ふたりの時間が終わるのを、惜しむように。

彼女が住むマンションが見えてきた頃、加奈子《かなこ》は、ふと立ち止まった。

「──京介《きょうすけ》。さっきは、あんがと」

俺を見上げ、言う。

「あやせたちから庇《かば》ってくれて──嬉《うれ》しかった」

「あんなの、当たり前だろ。礼を言われるようなことはしちゃいない」

「うん」

ようやく、こいつの笑顔が戻ってきた。

「っへへ……けっこうカッコよかったよ」

「マジで？」

「おう」

「そか。照れるな」

また少し、間が空いた。加奈子《かなこ》は、なにやら迷うようなそぶりをしてから、重い口を開く。

「………さっきさ、あやせと一緒に、なんか頭イッちゃってるの、いたじゃん？」

……ひでえ覚えられ方してんな、あいつ。

「まあ、うん。……誰のことかは、分かるよ」

「あれ、京介《きょうすけ》の知り合いなんでしょ？」

「おう。俺と桐乃《きりの》の、共通の友達ってとこかな」

「あたしの友達も、京介《きょうすけ》の友達も、親父《おやじ》さんも……」

段々と、声が、重く、小さくなって……。

「あたしたちが付き合うの、嫌なんだ」

「──加奈子《かなこ》」

せっかく笑顔が戻ってきたと思ったのに。

「……あ〜あ、どうしてなんだろ」

どんどん、涙声になっていって……。

「……どいつもこいつも、さぁ」

ぽた、と、涙が落ちた。

「……なんであんなに……反対すんだよぉ」

桐乃《きりの》もあやせも、こいつにとっちゃ大切な友達だ。

パッと見たとおりの、軽い絆《きずな》じゃあ、ない。

加奈子《かなこ》は優しいやつだから、俺のことまで心配してくれている。

それに──

──あたしたち、親と仲が悪くてさ。で──いま姉妹でふたり暮らししてんだよね。

──あはは、いわゆる複雑な家庭環境ってやつ?

ウチの親に反対されたのは……キツかったろうな。

俺は、もう一度元気づけてやろうと声を掛けようとしたのだが、

「だぁ〜っ! ちっくしょ〜〜〜〜〜〜〜っ!」

呆気《あっけ》にとられた。

数秒前まで泣いてたやつが、どでかい声でブチキレ始めたからだ。

「むかつくむかつくむかつくむかつく! マジうぜぇ、あのブスども!」

加奈子《かなこ》は、「京介《きょうすけ》!」と俺を呼ぶ。

「は、はい!」

「見とけよ! 絶対あいつら見返してやるかんな!」

嚙《か》みつくような勢いで、キバを剝《む》く加奈子《かなこ》。

「なにが『……この子でいいんだな？』だっ！　な〜にが、『桐乃《きりの》の気持ちを踏みにじったあなたたちを、わたしは許さない』だっ！　『覚えてろよ』はこっちの台詞《せりふ》だっつ〜の！　あの親父《おやじ》、ぜってー老衰してくたばるところをこの目で見届けてやんよ！　でもってあやせはぁ、行き遅れて焦《あせ》ってるところを、同窓会でおちょくってやんよ！」

ひゃひゃひゃひゃひゃ——と、邪悪に嗤《わら》う。

「もー決めたから。なんか文句ある？」

俺は、開き直って胸を張る加奈子《かなこ》を、呆然《ほうぜん》と見詰め、

「っはははははは——」

爆笑した。

あまりにも、加奈子《かなこ》らしい言い草だったから。

「ねーよ。文句なんかひとつもねぇ。見返してやろうぜ。ふたりであいつら、見返してやろう」

やれやれ、まったく——

俺の彼女は、いつだってこういう女なのだ。

俺が惚《ほ》れた理由、分かってくれたかい？

kanako if

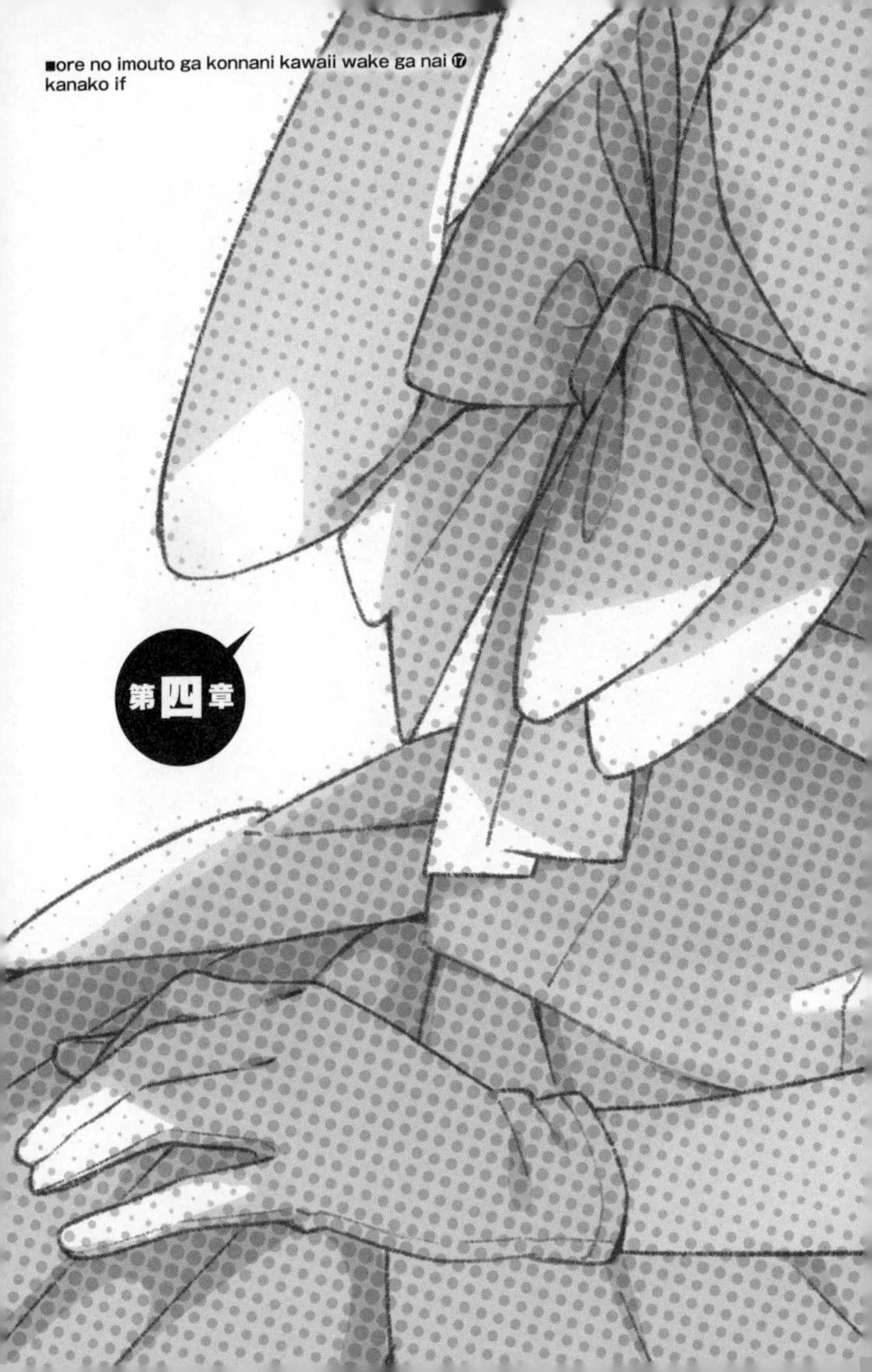

第四章

あいつらを見返してやろう。

そう誓った俺と加奈子《かなこ》だったが、具体的な方法について考えはない。

さあて、どうしたもんか――そんな話をしていたときだ。

聞き覚えのある柔らかな声が、俺を呼ばわった。

「あれ？　きょうちゃん？」

「ん？　おお、麻奈実《まなみ》か」

振り返れば、買い物帰りなのだろう私服姿の麻奈実《まなみ》が、微笑《ほほえ》んでいる。

もちろん加奈子《かなこ》は初対面なので、首を傾《かし》げて俺に問う。

「誰？」

「紹介するぜ。俺の幼馴染《おさななじ》みの、田村麻奈実《たむらまなみ》」

「初めまして～」

「……ども」

友好的な態度の麻奈実《まなみ》に対し、加奈子《かなこ》は警戒している様子だ。

「で……こいつは、来栖加奈子《くるすかなこ》」

「もしかして――きょうちゃんの彼女さん？」

一目で見抜かれたが、驚きはない。

麻奈実《まなみ》は、俺の最大の理解者なのだから。

「おう、まーな」

「そっかあ。ふぅ〜ん」

麻奈実《まなみ》の優しい眼差《まなざ》しが、加奈子《かなこ》へと注がれる。

一方、当の加奈子《かなこ》は、

「お、おい……いいのかヨ。どーせまた反対されて、険悪な感じになっちゃうんじゃねーの？」

俺が、あっさりと関係を明かしたことについて、不安がっているようだ。

そうだよな……。

親父《おやじ》も、桐乃《きりの》も、あやせも、黒猫《くろねこ》も、沙織《さおり》さえもが、俺たちの交際に反対していて。

だから、麻奈実《まなみ》もそうだろうって……おまえの立場だったら、そう思うよな？

警戒するなって方が、無理な話だろう。

だけど、麻奈実《まなみ》に限っては心配いらないんだ。だから、あっさりと明かしたんだよ。

証拠に、俺たちの関係を知った麻奈実《まなみ》の反応は——

「おめでとう」

「……え？」

「かわいい彼女さんだね〜、ふふふ。よかったら、わたしとも仲良くしてくれるかな」

ほらな。

毒気を抜かれた加奈子《かなこ》は、不思議そうに頭を下げる。

「は、はぁ。……こちらこそ、よろしくっす」

「うん、よろしく〜。困ったことがあったら、いつでもわたしに相談してね。きっと力になれると思うから。あっ、加奈子《かなこ》ちゃん、って呼んでもいい？」

「いいっすけどぉ……なぁんかぁ、いい人っぽすぎて、うさんくせー」

「え、ええっ？」

「ごめん麻奈実《まなみ》、俺もいまちょっとそう思った」

「きょ、きょうちゃんまで⁉」

麻奈実《まなみ》が涙目になってしまったので、加奈子《かなこ》に向かってフォローしておく。

「まあでも、こいつの場合、猫被《かぶ》ってるとかじゃないから」

「マジでぇ？」

「おう、マジマジ」

もしもこいつが猫を被《かぶ》っているのだとしたら、俺を十年以上も騙《だま》し続けてきた、ということになる。さすがにそれはないわ。

いま麻奈実《まなみ》と出会えたことで――

敵だらけの中、頼れる味方がひとり増えた。

俺はそう感じたのだが、加奈子《かなこ》は唇をすぼめて不満顔だ。

「ふぅ〜ん……なんか面白くねーの」

「おい、反対されても祝福されても機嫌悪くなるとか、どうしろってんだ」

「あはは……ごめんね、加奈子《かなこ》ちゃん。わたしときょうちゃんは、そういうのじゃないから」

あ、そっか。

加奈子《かなこ》のやつ、そういうのを気にしてたのね。

逆の立場になって考えてみりゃ、俺だって加奈子《かなこ》に、仲の良《い》い男の幼馴染《おさななじ》みがいたら。

心配するし、嫉妬する。

こういうところ、俺は相変わらずバカである。

「だといーんすけどねー」

麻奈実《まなみ》が否定しても、加奈子《かなこ》の不信感は消えていないようだ。

「もっときょうちゃんを、信用してあげて欲しいな」

「いいこと言うね、おまえ」

もっと言ってやってくれ、麻奈実《まなみ》よ。

「っと。邪魔したら悪いし、わたし、そろそろ行くね。まだまだ話したいことはあるんだけど
——それは、また今度かな」

じゃあね、加奈子《かなこ》ちゃん。

最後まで友好的な態度のまま、麻奈実《まなみ》は去っていった。

＊

あたし――来栖加奈子《くるすかなこ》は、高坂京介《こうさかきょうすけ》の彼女だ。

あたしと一緒にいるときは、いつも楽しい気分でいて欲しい。

だから、強がって見せた。

実のところ、あれは半分演技で――

どうしようかなって、悩んでる。

「……ただいま」

部屋に戻ると、いつものように、姉貴の声が迎えてくれる。

「おかえりカナちゃーん。ケーキあるから、一緒に食べよ～？」

「……いい」

「おいしい紅茶もいれますよぉ～♪」

星野《ほしの》も笑顔でそう言ってくれたけど、

「……いらない」

あたしは自分の部屋に引っ込んで、電気も点《つ》けず、ベッドの上に、うつ伏せに転がった。

「……はぁ～」

——桐乃《きりの》の気持ちを踏みにじったあなたたちを、わたしは許さない。


……桐乃《きりの》も、怒ってんのかなぁ。

親父《おやじ》さんにも嫌われちゃったし……。

京介《きょうすけ》にも、メーワクかけてんだろーなぁ。

……別れるって言われたら、どうしよう……。

「……ぐすっ」

涙を、枕にこすりつけて拭う。

「……泣いてんじゃねーよ、ばか。そんなのあたしのガラじゃねぇじゃん……」


——見とけよ！　絶対あいつら見返してやるかんな！


「あんなこと言っちゃったけど……どうすりゃいいんだよ」

暗い部屋で悶々《もんもん》としていると、ノックの音。

「カナちゃーん？　だいじょーぶ？」

自分のふてくされた態度で、家族にまで心配を掛けてしまったことに、ようやく気付く。

はぁ……我ながら最悪すぎる。

だけど、いい機会かもしれない。

アホすぎて、なんにもいいアイデアが浮かばないし――――。

「姉貴」

「うん？　なぁに？」

「――――人生相談、あるんだけど」


一番身近な家族にしか、できないことだった。


姉貴の仕事場で、ふたりに話を打ち明けることになった。

姉貴は、机の上にある仕事道具を、テキトーに脇に寄せて、

「これより休憩たーいむ！　ほっしー、カナちゃんにケーキをたもれぇい！」

「らじゃーでっす、せんせー♪」

こいつら、本当にこれでプロの漫画家なのかよ？

あたしが言うのもなんだけど、いい加減すぎじゃね？

こいつらに相談して大丈夫なんかな。

……まぁ、あやせと桐乃《きりの》がダメってなると、他に相談できる友達──ちゃんとアドバイスしてくれそうなやつ──いないかんなぁ。

「ケーキとかいーから、先に話聞いてくんね？」

「そう？　んじゃまー、話してみ？」

「実はさぁ、あたし彼氏のウチに呼ばれてー、家族紹介されたんだけど──」

あたしは、包み隠さず姉貴たちに話した。

喋《しゃべ》るのあんま得意じゃねーし、かなり長い話になってしまったけれど。

聞き終わった姉貴たちの反応は、こんな感じだった。

「うひょー、きょーすけくんカッケー♡」

「『文句は全部俺が聞く。加奈子《かなこ》のいないところでな』。──きゃーっ！　おにぃちゃん、抱いて！」

大興奮する姉貴&星野《ほしの》。

あたしも、彼氏が褒められるのが嬉《うれ》しくて、

「だべ？　あたしの彼氏ぃ、まじぱねぇっしょ？」

「ちょーやばくない？ｗｗありえなくない？ｗｗ」

「まじやばいよあいつｗｗｗｗ」

「ふたりともテンション上がると、なに喋《しゃべ》ってるかわかんないですね～」

さっきまでノリノリだったくせに、星野《ほしの》は、一歩引いたようなことを言い出す。

「バッカ、こんくれー小学生でもわかんだろ」

「ねー？　ほっしーもまだまだだなァ」

「うーん、誰かツッコミ役がほしいなー」

——なんて。

そんなアホなやり取りをしていたら、重い気持ちがマシになってきた気がする。

さっきよりも、前向きな気持ちで言う。

「——とにかく、そーゆうわけなの。どーすりゃいいと思う？」

改めて相談すると、姉貴は優しい顔であたしを見る。

「彼氏にちょー愛されてて、幸せもんじゃーん。なんの問題もないと思うケド？」

「うんうん、羨ましいですよ～う」

と、星野《ほしの》も頷《うなず》いている。

あたしを安心させてやろう、っていう気遣いなのは分かってる。

「だめだめ、問題ありまくりだっつーの」

それでも、あたしは首を横に振った。

「——見返してやるって、決めたんだから。そうしねーと、なんか、ダメな気がすんだよ

「……上手《うま》く言えねーけど」

もやもやする気持ちを、下手くそなりに伝えようとする。

「ウチ、親と仲悪りーじゃん？　それはもう、ほんとに、どうしようもないことだけど
……。京介《きょうすけ》には、同じ思いさせたくねーし。……あたしがバカなのはマジだし、あいつ
に相応《ふさわ》しくないってのも、分かるし。京介《きょうすけ》は庇《かば》ってくれるけどさ……ずっと庇《かば》われてんのは
……イヤだ」

姉貴の顔を見て、言う。

「だから……なんとかしてーんだよ。誰からも文句言われない彼女に、なってやるんだ」

そうしたら姉貴は、「そっか」って、頭を撫《な》でてきた。

「じゃあ、そうしなさい」

「うん。でも、どうすりゃいーの？」

「それはね」

姉貴は、全知全能の女神様みたいな笑顔で――

「お姉ちゃんにも分かんないや♪　ごめんネ♡」

「姉貴ぃ～～～～～～～～～～～～！」

拍子抜けにもほどがあるだろバカヤロー！

星野《ほしの》も、苦笑して呆《あき》れていた。

「せんせーって、昔からもっともらしいこと言うわりに、なんにも考えてないですよね～」

「だ、だってぇ。分かんないものは分かんないも～ん」

「はぁ～あ、姉貴に相談したのがバカだった」

「まぁまぁ。ほら、とりあえずケーキでも食べようよ。そしたらいい考えが浮かぶかも？」

そう言って姉貴は、星野《ほしの》が持ってきてくれたケーキを、ずずいとあたしの前に差し出してくる。

「それどころじゃねーっての」

「いやマジで、このケーキ美味《おい》しいから食べてみなって」

「……じゃあ、ちょっとだけな」

あむっ、と、フォークで一欠片《かけら》だけ、口へと運ぶ。

「⁉　うめーっ！　なにコレ！」

「でしょ？　でしょ？　商店街の和菓子屋さんで買ってきたの！」

「……なんで和菓子屋でケーキ売ってんだよ」

「分かんない」

「あそこのお店、十月くらいから、洋菓子も売ってますよね～」

「そうそう、確かあんときハロウィンフェアがあってさー」

姉貴たちは、ケーキも売ってる和菓子屋の話で盛り上がっている。

その脇で、あたしは、やたらと美味《うま》いケーキを平らげて、紅茶を飲む。

「ふはぁ」

食った食ったァ〜、と、腹をさする。

あたしがこういう仕草をすると、京介《きようすけ》のやつが悲痛な顔をするので、最近はやらないように気を付けていたんだけど――家だからセーフ。

大満足のあたしを見て、星野《ほしの》も、釣られたようにふにゃっと表情を緩めた。

「美味《おい》しいものを食べると、幸せになりますよね〜」

「⁉　ほっしー今いいこと言った！」

「「え？」」

「料理だよ料理！　カナちゃんがきょーすけくんの家族に、手料理を振る舞うの！　美味《おい》しくできたら、きっと見直し――ううん、見返してやれる！　それに、可愛《かわい》い彼女の手料理を、きっときょーすけくんは喜んで食べてくれるよ！　このアイデアどう⁉　カナちゃん！」

あたしの人生相談への、姉貴なりのアンサー。

それを聞いたあたしは、しばし考え込む。

「……んー、料理かァ」

想像してみる。

京介《きょうすけ》に、あたしの作ったメシを喰《く》わせてやって――――

――うめーっ！　なにコレ！

――っへへ～……実はそれ、加奈子《かなこ》の手料理なんだぜ？

――マジで⁉　すっげえなおまえ――惚《ほ》れ直したぜ！

――そう？　ま、それほどでもあるけどよぉ～。

――愛してるぜ……加奈子《かなこ》。今日から俺は、おまえのためだけに生きていくよ。


な～んつってさ！

「……いいな、それ」

「カナちゃん、よだれ拭こうよだれ」

「ふへへ～……そんじゃ、早速明日から料理教えてヨ♪」

「え？　あたし料理できないよー？」

超知ってる。

「だいじょーぶ、最初から姉貴には期待してねーから」

あたしは、チラッと星野《ほしの》を見て、

「そこのメイド。とゆーわけで、よろしくな」

アテにしてんよ、という意味で肩を叩《たた》く。だけど相手は困惑気味に、

「あらら、わたしもお料理なんて、できませんよ～？」

「ちょ、メイド喫茶で働いてるんじゃなかったのかよ⁉」

「お店で出すお料理はぁ、全部レトルトですから！」

力強く断言しやがった。

「…………………………」

加奈子《かなこ》ぉ、こいつの働いてる店には絶対いーかねぇ。


その日の夜、京介《きょうすけ》から電話がかかってきた。

『加奈子《かなこ》か——俺俺。明日どーする？』

「あ、ごめん。あたし明日、ちょっと用あってさ」

『そっか。じゃあ、明後日《あさって》は？』

「明後日《あさって》は大丈夫。てか……あ、やっぱこれは言わないどこ」

姉貴からもらったアイデアについてだ。

あたしの匂わせに、京介《きょうすけ》は、いー感じの反応をしてくれる。

『なんだよ、気になるな』

「っへへ……まぁ、楽しみにしてろよ」

すぐに手料理作れるよーになって、加奈子《かなこ》のトリコにしてやっからさ。

そんなやり取りがあった翌朝。

あたしは珍しく早起きし、駅前にやってきた。

料理本を買うためにだ。そう。昨日京介《きょうすけ》の誘いを断ったのは——

料理の特訓をするため。

でもって、適当な料理本を買ったはいいのだが、

「えーっとぉ……じゃがいも、タマネギ、豚肉……材料も買ってかねーとなんだよなぁ……

つーか、ウチに料理する道具とかあったっけ？」

あたしは料理なんかしたことねーし、姉貴も料理できないって言ってたし。

もしかしてウチ、包丁とか鍋とか、なんにもないんじゃねーの？

「やべぇ……道具とか、どれ買えばいいのかも分かんねー」

……どうしよう。

金は、姉貴に言えばもっともらえるだろうけど……。

そういう問題じゃねー気がする。料理の練習とか、それ以前の問題っつーかよぉ〜〜〜。

「う〜ん」

頭をかきながら、スーパーの前で唸《うな》っていると、

「あれっ？　――加奈子《かなこ》ちゃん？」

地味な女と、出くわした。

「こんなところで会うなんて、奇遇だね」

「？　……誰？」

「えっ？　昨日会ったよね？」

ん？　ん～？

「もしかして……忘れちゃった？　田村麻奈実《たむらまなみ》だよ～。ほら、きょうちゃんの幼馴染《おさななじ》みの」

「おー」

そういやいたっけ、そんなヤツが。

わりーね。あたし、興味ねーやつの顔とか、覚えらんないからさァ～～～。

「思い出した思い出した。あの、みょーにうさんくさかったヤツか」

「……わたしって、うさんくさいんだ」

大きく肩を落とす、眼鏡女。

「きょうちゃんには、『おまえってほんとに普通だよな』ってよく言われるんだけどなあ」

「『普通のヤツ』なんて、この世にいるかっつーの。いるとしたら『普通のヤツ』じゃなくて、

『普通っぽいヤツ』だけだろ」

「面白い考え方をするんだね」

くすくす、と、『京介《きょうすけ》の幼馴染《おさなじ》み』は笑う。

「でも、わたしも同感かな」

……なんか苦手だ、こいつ。

「加奈子《かなこ》ちゃん、今日は、夕ご飯のお買い物？」

「……まあ、そんなとこっす」

ちょっと違うけど。

「へ～、なにを作るの？」

「肉じゃが」

「肉じゃがと——他には？」

「え？」

「お味噌汁《みそしる》とか、一緒に作らないの？」

「あー」

やべ、ぜんぜん考えてなかった。

自分があまりにも素人《しろうと》すぎて、恥ずかしくなってくる。

俯《うつむ》いて黙っていたら、

「加奈子《かなこ》ちゃん。……なにか困ってることがあるなら、力になるよ」

そんなふうに、優しく言われた。

さすがに分かったよ。本心から言ってるって。

でも、なんで？　なんなんだ、この人？

困惑してしまう。いつも笑顔ってとこは、姉貴やらそのアシやらと同じだけど……あたしが、いままで会ったことのないタイプだと思った。

しょうがねーから、率直に聞いてみる。

「……なんでそんなに親切なんすか？　あたしら、昨日会ったばっかなのに」

「きょうちゃんの彼女さんなら、わたしにとっても、妹みたいなものだから」

「……それが分かんねーっていうか」

トゲトゲしさを隠さずに、問う。

「……どーいう関係なの、京介《きょうすけ》と」

「長い付き合いの……仲のいい幼馴染《おさななじ》みだよ」

こっちがキツく言ったのに、柔らかい返事が戻ってきた。

「それじゃ、納得できない？」

「できないっす」

「そっかぁ……でも、力になりたいのはほんとだよ。きょうちゃんのことを抜きにしても、おせっかいをしてあげたくなっちゃう顔をしてるもん。いまの加奈子《かなこ》ちゃん」

「そんな顔……」

してるかも。

「あの……」

「ん？　なぁに？」

「…………………………………………………………教えて欲しいんすけど」

「ごめん、なんて？」

「あたしに料理……教えてくださいッ！」

「うん、分かった。わたしに任せて、加奈子《かなこ》ちゃん」


……勢いで頼んじゃったけど。

まさか、こんなにあっさりＯＫするなんて。

お人好《ひとよ》しすぎじゃね、この人？　なんか企《たくら》んでるんじゃないの？

「じゃあさっそく、材料の選び方かられくちゃーしてあげるね」

……変な喋《しゃべ》り方。

ふん、まあ……教えてくれるってんだから、教えてもらおうじゃねーの。

「よろしくお願いします、師匠！」

こんときは、そんくらい、カルく考えてたんだ。
なのに、まさか、ほんとに、とんでもねえことを企《たくら》んでて——
泣かされることになるなんて、思いもしなかった。
時を戻せるなら、当時のあたしに伝えたい。
田村麻奈実《たむらまなみ》は、ひどいヤツだって。

*

その日。
俺は、自室で受験勉強に励んでいた。
加奈子《かなこ》は用事があるそうで、今日は会えないらしい。
それならそれで、やるべきことをやっておこう。
『見返す方法』を考えたり、こうして勉強をしたり。
……彼女ができたから学業がおろそかになった——なんて、言われたくはないからな。
加奈子《かなこ》のためにも、俺自身のためにも。
「……ふぅむ」
しかし……俺って彼女ができたってのに、結構落ち着いているよな。

もっとハイテンションになって、叫んだりするかと思っていたのだが。

何故《なぜ》だろうと考えてみると、たぶん付き合う前からデートっぽいことをしまくっていたからだと気付く。

「付き合う前と、基本変わってねーんだよな」

……いや、そんなことは……ないか。

キスをせがまれたあんときとか……きっちりドキドキさせられている。

ただ、なんというか加奈子《かなこ》は……年下だし、ちっこいし……。

「あーそうだ。すげー、ぴったりの喩《たと》えがあったわ」

桐乃《きりの》が大好きなゲームに出てくる、ロリロリな妹ヒロインを攻略しているような気分である。

エロい目で見るのに抵抗があるというか。

生意気な娘を愛《め》でているような感覚というか。

なんかそんな感じなんだよ。

「……うーん」

そういうのって、あいつにとっちゃイヤなもんなのかな。

頭を撫《な》でるたびに、『子供扱いすんな』って怒るし。

それがまた、カワイイんだけどさ。

「…………」

……一気に関係が進展しすぎたせいかもな。

もっとあいつのことを、好きになりたいと思った。


集中していると、あっという間に夜になった。

「そろそろ夕飯か」

勉強をしながら『見返す方法』について考えていたのだが……。

桐乃《きりの》やあやせ、黒猫《くろねこ》に沙織《さおり》――こいつらが、俺たちの交際を反対する理由は、まったく分からない。だから、どうしたら状況が改善するのかも分からない。

現状、お手上げ。

だが、親父《おやじ》だけは別だ。

親父《おやじ》が、俺たちの交際に反対するのは、単純に、加奈子《かなこ》が気に入らないからだろう。

理由がハッキリ分かっているんだ。なんとかできるかもしれなかった。

俺にしかできないことがある。

それは、親父《おやじ》と話すことだ。恋愛・交際・恋人・結婚――このあたりについて、親父《おやじ》がどう考えているのか、調べておくことだ。

きっとこの先、俺たちの強い武器になるだろう。

色々言ったが、ようするに、いま俺がやるべきは――

親父《おやじ》と恋バナをすることだ。

リビングに入ると、親父《おやじ》がすでに食卓に着いており、食事ができるのを待っているところだった。

おあつらえ向きに、ふたりきりだ。

さっそく聞いてみよう。

「なぁ、親父《おやじ》」

「どうした、京介《きょうすけ》」

低く、威厳のある声。

一家の大黒柱に相応《ふさわ》しい、土佐《とさ》闘犬めいた強面《こわもて》。

そんな親父《おやじ》に向かって、俺は、全力で問いを投げた。

「お袋と初めてキスしたのって、いつ？」

「ブッ！」

親父《おやじ》が茶を噴き出した。でもって、すぐさまゲンコツが飛んできた。

痛ッてえ！

「こ、この大馬鹿者！　親になにを聞いとるんだおまえは！」

「親の体験を参考にしようとしちゃ悪いのかよ！」

「……俺の体験など参考にならんぞ」

「そんなことねぇって。こうして俺たちがいるのがその証拠だ」

「……」

もの凄《すご》く嫌そうな顔をする親父《おやじ》。

どう見てもこの人、恋バナなんてガラじゃないからな。

だが押す……！　なんとしても親父《おやじ》から、有用な情報を得るんだ……！

「ふん、よかろう」

俺の本気が伝わったのか、話してくれる気になったらしい。

親父《おやじ》は、渋々語り始める。

「……俺がおまえと同じ年の頃。当時母さんは、俺の後輩でな」

あれ、そんなに歳近《とし》かったっけ。

親父《おやじ》が老け顔なのか、お袋が若作りなのか、どっちだ。

「ある日、母《ふ》さんに校舎裏に呼び出されて……そのときに、だ」

「…………」

親の初キスエピソード……か。

あえてノーコメントを貫かせてもらう。

俺が、精神的苦痛に耐え忍んでいると、キッチンのお袋が話に入ってきて、

「ちなみにそのとき、キスしたのもあたしから、告白したのもあたしから、初デートに誘ったのもあたしから。自分からちっとも動かなくって、ホントにこの人あたしのこと好きなのかしら～って何度も疑ったわ」

「…………」

親父《おやじ》は、ぐうの音も出ない様子だ。しょんぼりと情けなく打ちのめされている。

あえてノーコメントを貫かせてもらう！

親父《おやじ》を精神的に叩《たた》きのめしたお袋は、甘ったるい声で言う。

「京介《きょうすけ》は、お父さんの真似《まね》しちゃだめよ？」

「……あ、ああ」

怖っわ。

「気を付けろよ京介《きょうすけ》。付き合い始めに失敗すると、一生文句を言われ続けるぞ」

あまりにも重く、かっこ悪い『親父《おやじ》からの有用な情報』であった。

「俺の背を見て学べ」

……よくわかったよ、親父《おやじ》。

鳥の鳴き声が朝を告げる。

心地よいまどろみの中——

「きょうすけ」

甘い声を聴いた。

「きょーすけ、朝だぞ♡」

揺すられる感覚は、覚醒には不十分で、俺の意識は再びまどろみへと沈んでいく。

「ねぇ、起きて♡」

「……んん」

「あんだよ〜、せっかく可愛《かわい》く起こしてやってんのによ〜、ちっとも起きねぇじゃん。……あ、いーコト思いついちった。きょーすけぇ〜〜、早く起きねーと――」

鼻に、吐息がかかる感触。全身に、ずしりとした重みがかかっている。

「ちゅー、しちゃうぞ♡」

そこで俺の目が開いた。

「…………………」

「…………………」

ふたり、数秒見つめ合い――

「んなっ⁉　おっ、おおおお、起きてたの……⁉」

「い、いま起きた」

「〜〜〜〜〜〜〜〜〜〜〜ッ」

布団《ふとん》の中で俺に抱きついたまま、真っ赤になって恥じらう加奈子《かなこ》。

唇が触れあいそうなほど顔が近い。

「きょ、京介《きょうすけ》……おまえ……タイミング悪ぃんだよ」

「はは、もうちっと、寝たふりしときゃよかったな」

「う、うっせ……ばかっ！　んだよ……なんでそんな落ち着いてんだっての……ずりぃぞ……こっちはこんなに恥ずかしいのに」

……表に出してないだけだ。

俺だって、すっげー恥ずかしくて死にそうだっての。

加奈子《かなこ》が喋《しゃべ》るたびに吐息が唇に触れて、どうにかなってしまいそうだ。

「俺だってびっくりしたぜ。どうしたんだ、いったい」

「や……朝起こしに来てやったら、おまえが喜ぶかなって。おばさんに頼んで、部屋に入れてもらったの」

「……そっか」

加奈子《かなこ》のやつ、俺んちで、あんな目に遭ったばっかだってのに……。

すぐ間近にある顔に向けて、言ってやる。

「超嬉《うれ》しかったぞ」

「マジで？」

「マジで」

「……っへへ」

加奈子《かなこ》は幸せそうに表情を蕩《とろ》かせて、ぴったりと俺に寄り添っている。

「……加奈子《かなこ》」

「……ん？」

「好きだぜ、おまえのこと」

「……ばかじゃねぇの」

そう毒づく加奈子《かなこ》の顔は、とても幸せそうだった。


朝食。

食卓には、俺の他に、桐乃《きりの》、親父《おやじ》、お袋——

そして加奈子《かなこ》の姿があった。

「そっか、今日は朝飯、加奈子《かなこ》も一緒なんだな」

「おう！　っと——じゃなくって、うん！」

猫被《ねこかぶ》ってないと、やっぱり丁寧には喋《しゃべ》れんのだな。

ただ、丁寧に喋《しゃべ》ろうとはしているようだ。

きっと、俺の両親の前だから。

『見返して』やるために――そう考えるだけで、愛《いと》しさがこみ上げてくる。

「あたしが誘ったの。一緒に食べてって――ってね」

と、お袋は親父《おやじ》を見て、にこりと笑う。

「いいでしょ、お父さん」

「ああ」

重い声で頷《うなず》く親父《おやじ》。このふたりからは了承が出たが、最後のひとりが黙ったままだ。

「…………」

桐乃《きりの》のやつ、まーだ機嫌《きげん》悪そうだな。

加奈子《かなこ》と目を合わせようともしねー。

「いただきまーす」

朝食が始まった。

今朝のメニューは、肉じゃがに、ほうれんそうの胡麻《ごま》和《あ》え、味噌汁《みそしる》。

いつもより和食って感じだ。

黙々と箸を動かし、肉と白米を口に運ぶ。

と。

「…………じぃ」

加奈子《かなこ》の視線に気付く。

「どした？」

「べ、別にぃ？」

隠し事がありそうだが、それがなんなのか分からない。

首を傾《かし》げる俺に、お袋が聞いた。

「京介《きょうすけ》、どう？　今日のおかず。いつもと味付け変えてみたんだけど」

「ああ、そういえば……いつもと味違うな」

「美味《おい》しいでしょ」

「美味《おい》しいってほどでもないかな。普通だ」

俺の感想に――

「…………」

何故《なぜ》か加奈子《かなこ》が、ショックを受けている。

「あんた何様のつもり⁉」

でもって、お袋がムチャクチャ怒っている。

「うおっ……いやだって『メシの感想は正直に言え』って、お袋の教えじゃねえか。な、なぁ、親父《おやじ》」

「そうだな。それが家族のルールだ」

ぶっちゃけ、お袋は料理が下手だからな。正直に言わないと、まずい料理が何度でも食卓に登場する。それを避けるための知恵だった。

むっとしたお袋が、今度は親父《おやじ》に問う。

「お父さんは？　どう？」

「朝食の味か？　まあ、普通だ」

俺と親父《おやじ》は、同じ味覚をしているようだ。

次いでお袋は、桐乃《きりの》を見て、

「桐乃《きりの》は？」

「じゃがいも煮崩れすぎ」

と、低評価レビュー。

……さっきから、お袋のヤツ、なに必死になってんだ？

そして加奈子《かなこ》は、なんでどんどんションボリしていく？

状況が把握できず、困惑気味の俺に――

「……だがな、京介《きょうすけ》。おまえは運がいい」

親父《おやじ》は言った。

「結婚した当時――母さんの作る料理は、凄《すさ》まじくマズかった。この肉じゃがとは比べものにならんほどにな」

「そ、そうだったんだ」

「ああ、食えたもんじゃなかった」

いまよりひでえってんなら、そうだろうよ。

突然、過去エピソードを暴露されたお袋から、ドスの利《き》いた声が漏れる。

「あら～、そう。お父さんたら、朝からそんなに夫婦喧嘩《げんか》がしたいのねえ」

「そうじゃない！」

大焦《あせ》りで弁明する親父《おやじ》は、ごほんと咳払《せきばら》いをしてから、

「母さんはそれから料理を練習して、いまでは、普通に食べられるものを、作れるようになった。──家族のためにだ」

「そっか」

心から尊敬できるエピソードだった。

「じゃあ、感謝して食べなくちゃな」

「ああ、そうだ。そして、京介《きょうすけ》……最初から『これ』が食べられるおまえは、とても運がいい」

感謝して食え。

親父《おやじ》は、そう結んだ。それから、俺と、桐乃《きりの》と、お袋を順に見て……。

最後に、加奈子《かなこ》に向かって、頷《うなず》いた。

「じゃ、改めて──いただきます」

俺たちは、煮崩れた肉じゃがを、作ってくれた人に感謝しながらいただいた。

家族、全員で。

＊

田村《たむら》家のキッチン――っつーか、台所。

「師匠～、だめだった」

「そっかぁ……元気出して、加奈子《かなこ》ちゃん。もっと練習しよう？　また教えてあげるから」

「うん」

あたし――来栖加奈子《くるすかなこ》は今日も、麻奈実《まなみ》師匠の下で、料理の特訓をしていた。

「おっしゃー、やるぞー」

ガッ！　と包丁を引《ひ》っ掴《つか》んで、じゃがいもの皮むきにチャレンジする。

「か、加奈子《かなこ》ちゃん。もうちょっと慎重に……」

「任せといてくださいよ師匠ー」

「……大丈夫かなぁ」

師匠の心配が的中し――

「あっ」

じゃがいもの皮を切っていた包丁は、深々と本体に食い込んでしまう。

　すると師匠は、苦笑して、

「あはは……ちょっと切りすぎちゃったね〜」

「この包丁切れすぎじゃないっすか」

「道具のせいにしないの」

「う〜い。ところでぇ、なんでまた肉じゃがなんすか？　同じもんばっか作ってもしょーがなくね？」

　なんかこー、イタ飯的な？　かっちょいい感じの料理を作りてーんですけど？

　そんな調子こいた弟子に向かって、師匠は「めっ」と人差し指を立てる。

「だめだよ〜、そんなことじゃ。ちゃんと一つのお料理を美味《おい》しく作れるようになってから、そういうことは言ってね。――あ、ほら、また切りすぎてる」

「げ」

　くっそ、ちっとも上手《うま》くいかねー。

「……あたし、料理向いてないのかなぁ」

「それを言うのは、十年早いよ〜」

「師匠〜、んなこと言ったってさぁ〜。あたしって、うまくできるもんは最初からできるし、できねーもんは、ずっとできねータイプなんだよねぇ〜」

　歌とか踊りとかは、最初っから可愛《かわい》くやれたしぃ。

勉強とかはマジでぜんぜんダメで、途中でやる気なくなったしぃ。

弱音を吐くあたしに、師匠は言う。

「うーん。これはもしもの話だけど……加奈子《かなこ》ちゃんは……わたしが『わたしってどんくさいし、歌とか踊りとか、向いてないのかなぁ』って言ったら、どう思う？」

「んー、そーだなァ」

ちょっぴり考えて、

「師匠には悪いけど、ばっかじゃねーのって言っちゃいますねー。人の百倍練習してから言う台詞《せりふ》っすよ、それ」

「でしょ？」

「へ？　どゆこと？」

「あ、あの……だからね？」

う～ん、と、悩む師匠。

「なんだって同じだよ。本当にやる気があるなら、黙って練習すること」

「はぁ～い」

あたしは素直に返事をした。

だって、弱音を吐きはしたけどよー。

特訓をやめるつもりは、これっぽっちもねーから。

「って！　指切ったぁ！」

「……………もっと基本からやらないと、だね。待ってて、いま、救急箱持ってくるから」

「うう……くっそぉ～」

マジで才能ねーのかも。

「料理の特訓に一区切りが付いたら、次はお掃除のれくちゃーをしてあげるね。明日もきょうちゃん家、行くんでしょ？」

こいつ、見るからに優しそうな顔してるくせに、めちゃ厳しいよな。

でも、

「や、やってやりますよ！」

いまは、ありがてー。

「はい、いいお返事です」

あたしたちが付き合うのに反対したやつらを全員見返して――

京介《きょうすけ》に相応《ふさわ》しい彼女になるって、決めたんだ。

＊

「……もうこんな時間か」

彼女が昼前に帰ってしまったので、今日はずっと勉強をしていた。

就寝準備を終えて、ベッドに寝転がると、携帯にメールが届いた。

『あたし、いま寝るとこなんだ』

加奈子《かなこ》からだ。

『おやすみ』

と、ごくごく短いメッセージ。

「……あいつめ」

返事を打ち込んでいく。

俺もだ……と。

送信すると、すぐに返事が戻ってきた。

『京介《きょうすけ》』

『ちゅっ♡』

「アホか」

バカップルみてーなもん送ってきおって。恥ずかしいだろ。……嬉《うれ》しいが。

内心悶《もだ》えていると、再び加奈子《かなこ》からのメールが届く。

「はいはい」

今度はなんて送ってきやがったのかな、と。

『なんか返事しろよヽ(`Д´)ノ』

「めんどくせえな」

しょうがねえ、相手してやるか。

相手に合わせて、顔文字でも使ってやろう。

(´ε`)

送信、と。

『顔文字キメエ。ちゃんとやって』

「文句多いなぁ」

『やり直し。今度こそ真面目にやんねーとキレっかんな』

と、加奈子《かなこ》。

「へいへい」

『京介《きょうすけ》』

『大好き♡』

……このメールに返事をしろって？

『俺も好きだよ♡』

これでいいんだろ！　あぁ、こっ恥ずかしい！

すると、加奈子《かなこ》からは、こんな返事がきた。

『いまのメール保護した(//∇//)』

「……あっ、おま……！」

くそ……！　あいつめ……！

顔が熱くて、眠れなくなっちまったじゃないか。


そんなやり取りをした翌朝も、目覚めたらすぐ目前に彼女がいた。

「おう、京介《きょうすけ》——おはよ♡」

「あぁ、おはよう」

今日も起こしに来てくれたらしい。

まさかコイツ、これから毎日来るつもりなのか？

もちろん嬉《うれ》しいが……いい、複数の意味で、驚かされる。

「うち来るなら、昨日のメールに書いといてくれりゃよかったのに」

「や、びっくりするかなーって」

「そりゃ、びっくりしたけど」

「ひひ」

満足げである。

「朝メシもうあるってさ。早く降りてきなよ」

「へいへい」

こいつめ……まるで自分の家みてーなノリじゃんか。

俺が加奈子《かなこ》を、すげえな……って思うのは、こういうところだ。

だってさ……加奈子《かなこ》は俺の彼女として、高坂《こうさか》家では認められてねーんだぜ？

親父《おやじ》からも、桐乃《きりの》からも、厳しい態度を取られていたんだ。

そんな状況で、また来よう――って、普通はならねえ。

なのに加奈子《かなこ》は、ガンガン我が家にやってきて、一緒にメシ食ったりして、いまや……高坂《こうさか》家に馴染《なじ》みつつある。それがどんだけ、すげえことなのか……感心なんて言葉じゃ足りない。

いまも――

高坂《こうさか》家の朝食風景には、加奈子《かなこ》の姿があった。

「「いただきまーす」」

皆で手を合わせ、朝食に向き合う。

「あれ、また肉じゃがか」

疑問に思う俺たちに、お袋は問う。

「どう？　今日の肉じゃが？」

「いいんじゃないか？　俺は好き」

「うむ、今日は煮崩れしていないな」

た。

「でしょ？」

俺と親父《おやじ》からは好評だったのだが、唯一、桐乃《きりの》だけが「お肉かたすぎ」とダメ出しをしてい

何様だよこいつは。

「……むぅ」

そんな俺たちの会話を、加奈子《かなこ》が神妙な顔で眺めていた。

食事は進み……何故《なぜ》かやたらとお袋が出来映えを気にしていた例の肉じゃがは、順調に減っていく。

「あのー」

加奈子《かなこ》が、お袋に切り出した。

「どうしたの、加奈子《かなこ》ちゃん」

「朝ご飯の片付けとぉ、そのあと掃除、手伝ってもいーっすか」

「あら～、いいの？」

「もちっす」

「んー、そうねえ……じゃあ、京介《きょうすけ》の部屋をお願いしちゃおうかしら」

「ひひ、任せてくださいよー、ばっちりきれーにしちゃいますんで！」

お袋に話を付けた加奈子《かなこ》は、続いて俺に問う。

「とゆーわけで、おまえの部屋入っていい？」

「おう。でも、別に掃除なんてやんなくてもいいぞ？」

「いーからやらせろって。な？」

「まあ、助かるけどよ……」

あ。こいつ……もしかして……。


――見とけよ！　絶対あいつら見返してやるかんな！


そういうことか。

「分かった、頼むぜ」

「おうっ！　隅から隅までぴっかぴかにしてやんよ！」

いい笑顔で請け負う加奈子《かなこ》。

朝食後、彼女はお袋と一緒に片付けをし、それからリビングを飛び出していった。

加奈子《かなこ》がポジティブに動いている一方で、

「……ちょっと、なに見てんの？」

桐乃《きりの》だ。こいつの最近の不機嫌っぷりときたら。

ちょうどよくリビングでふたりきりになったので、聞いてみよう。

「なぁ、おまえ、なんで最近、機嫌悪いんだ？」

「なんだってい－でしょ」

「よくねぇよ」

「なんで」

短く、うざったそうに返してくる。

俺は、どう答えるべきか迷い、

「俺が哀《かな》しいだろ」

本心を、そのまま伝えた。そうするべきだと思ったから。

「は、はあ？」

なにそれ……と、桐乃《きりの》は当惑している。

そりゃ、そういう反応になるよな。兄貴に『おまえが不機嫌だと俺が哀《かな》しい』なんて言われたらさ。俺だって、らしくねえって思うよ。恥ずかしいしさ。

でもな、ふたりで約束したのに、彼女だけが頑張ってるなんて――そりゃねえだろ。

だから悪いな、桐乃《きりの》。今日の俺は、真《ま》っ直《す》ぐいくぜ。

「せっかくおまえと、少しは話せるようになってきたってのに……これじゃ昔に逆戻りじゃねえか」

「……いやなわけ？」

「当たり前だ」

言い切った。

「俺はさ……いまの状況を、なんとかしてえんだよ」

「……あっそ」

ふぅ、と、重いため息。それから桐乃《きりの》は、小さい声で言う。

「あのさ」

「ん？」

「──加奈子《かなこ》、頑張ってるよね」

「……そうだな」

肯定する。だから俺も、頑張ろうとしてるんだ。

「だよねー」

桐乃《きりの》は、力なくうなだれた。

「……あーあ。あたしってば、なにやってんだろ」

桐乃《きりの》はそれきり黙り込んでしまい……俺たちの間に気まずい沈黙が横たわった。

「…………………………」

「…………………………」

「聞いていいか？」

「いいよ、なに」

「この前……言ってたよな、おまえ」

──こっちにも色々あんの。

──あんたには言えないし、言うつもりもない。

──悪いけどあたし、あんたたちの味方はしてあげられないから。

──……………ごめん。


「あれ、どういう意味だったんだ？」

「言うつもりはないって、言ったはずだけど？」

「分かってて聞いてんだよ。聞かなくちゃならない。どうしてもだ」

桐乃《きりの》は、辛《つら》そうに目を伏せる。

「いまは言えない」

「桐乃《きりの》」

「分かってるよ。あんたの言いたいことは」

その台詞《せりふ》は、本当だった。

「沙織《さおり》と、黒いのと、あやせのこともあるんでしょ？」

俺の言いたいことを、桐乃《きりの》はぴたりと当ててきたのだ。

「あぁ……あいつら、俺と加奈子《かなこ》が付き合うことに反対してる」

「知ってる。あたしも、ふたりと話したから。このままじゃよくないってのも、分かってる」

「だったら」

「ばーか、安心しろっての」

そこで桐乃《きりの》は、がらりと表情を明るいものへと変えて、

「――ちゃんとケリ、付けるからさ」

なにかを吹っ切ったかのような、あるいは覚悟を決めたかのような――

俺の妹らしい、力強い笑みだった。

「……そうか」

なら、おまえに任せるさ。

すべてを理解できなくても、そんな顔、されちゃあな。

「俺に、なにかできることはあるか？」

「んー、や、別にないっちゃないんだけど。とりあえず、自分の部屋に戻った方がよくない？」

俺の部屋がどうしたって？

「あたしが貸してあげたゲームとか、この前プレゼントしてあげたゲームとか、部屋に置きっ

ぱなんじゃないの？」

「……あ」

桐乃《きりの》の忠告がトリガーとなって、俺の記憶が呼び覚まされた。

――あやせ、一緒にこのゲームやろうぜ。

――え、えええ、エッチなゲームじゃないですかッ！

――隅から隅までぴっかぴかにしてやんよ！

してやんよ――してやんよ――

加奈子《かなこ》の声が、脳裏で幾度もリフレインし、

「ぎゃあああああああああああああああああああ！」

俺は絶叫して、自室へ向かって駆け出した。

「ぷっ、ばかじゃん」

兄の醜態を、妹が笑っている。

めちゃくちゃ焦《あせ》っていた俺に聞き取れたのは、そこまでで――

「……がんばろうね、兄貴」

慈愛に満ちたつぶやきは、誰にも届かず、消えていった。

「やべぇ～～～～～～～～、やばいやばいやばいやばいやばい！」

激しい音を立てて階段を駆け上り、

「加奈子《かなこ》！」

自室の扉を勢いよく開ける。すると、

「うひゃ！」

はたきを掛けていた加奈子《かなこ》が、目を丸くしてこちらを向いた。

――間に合ったか？

俺は、呼吸が整うのを待たず、室内を見回した。

とりあえず――『桐乃《きりの》由来のヤバいブツ』たちの姿は見当たらない。

「か、加奈子《かなこ》……ちょ、ちょっと待ってくれ」

「な、なんだよ」

……ほっ、どうやら最悪の事態には陥っていなかったようだぜ。

我ながら悪運が強い男だ。

「えーと、掃除をしてくれんのはありがたいんだが――」

とりあえず、桐乃《きりの》から借りたアレやコレやを、ベッド下の秘密スペースに隠さなければ。

さて、どうやって、一時的に出ていってもらおう。

俺は、脳みそをフル回転させて考える。

だが……。

「あのよー」

「ん？」

「必死こいてるトコ悪りーんだけどぉ」

加奈子《かなこ》は、冷たい声で、

「コレなに？」

『しすしす』のパッケージを俺に突きつけた。

「…………」

追い詰められた俺は、凛々《りり》しい声で正直に言う。

「『妹《シスター》×妹《シスター》〜しすこんラブすとーりぃ〜』というゲームだ」

「死ねよ」

「…………」

「死ねよ」

真顔で繰り返す加奈子《かなこ》。怒鳴られるより、よほどおっかねえ。

「ち、違うんだって」

なにが違うんだ京介《きょうすけ》。

考えるんだ京介《きょうすけ》。

この窮地を乗り切る台詞《せりふ》を……！

「別にそれ、変なゲームじゃないよ？」

「は？　これってよー、エロいゲームだろ？」

そうです。

「……お、おいおい加奈子《かなこ》ちゃんさあ……勝手に人の物を見るなんて、ちょいとお行儀が悪いんじゃないの？」

「堂々と机の上に置いてあったケド？」

バカじゃないの俺。

よくもまあそれで、あっさり彼女を部屋に入れてやったもんだぜ。

加奈子《かなこ》は、後輩を叱る怖い先輩みたいなトーンで、

「おまえ、いい加減にしろよな。分かってんの？」

「はあ」

「『はあ』じゃねーだろ？　『はい』だろ？」

「はい」

「声が小せえ」

「はい！」

「なぁ、いまおまえ、ちょっと加奈子《かなこ》にムカッとしたべ」

「してないっす」

「ほんとに？」

「マジっす。ガチでマジっす。加奈子《かなこ》さまは俺の女神っす」

「ならいーけどよー。や、よくねーんだけどよー」

どっちだよ。

「加奈子《かなこ》ぉ、べつにエロに怒ってるわけじゃねーんだよ？」

「まじっすか」

「おう」

加奈子《かなこ》は鷹揚《おうよう》に腕を組み、うんうん頷《うなず》く。

「男だしな、そーゆーのに興味あるのは、まー、しゃーねぇ。――理解あるべ？　あたし。なぁ」

うぜえこと言い始めたよ。

「そうっすね」

「だからぁ、別におまえが、ベッドの下にエロ本隠しててもぉ、エロいゲーム持っててもぉ……あたしは気にしないよ？」

嘘《うそ》じゃねーか。

い、いや……それより……。

「……ベッドの下、調べたんすか？」

「何故《なぜ》かあやせのグラビアが出てきた」

「誤解だ！　それは桐乃《きりの》が出てるから買っただけで！」

「余計悪いわ！」

まったくである。

『妹《シスター》×妹《シスター》〜しすこんラブすとーりぃ〜』を前にして言う台詞《せりふ》じゃなかった。

「ようするにー、あたしがなにを問題にしてっかっつーとぉ。この『〜しすこんラブすとーりぃ〜』ってなによってこと」

「なによって言われても……………し、シスコンのラブストーリーなんで」

涙出てきたわ。

なんで俺、彼女にこんな釈明しなくちゃなんねーの？

ここは地獄なのか？

「おめー、妹いんだろーが。なんで妹モノのエロいゲーム持ってんだよ！　やばすぎんだろ……！」

至極真っ当なご指摘。

分かってるよ……。

でも、『妹のなんだ』とは言えないし、言っても絶対信じないでしょ？

うぐ……。

「ち、違うんすよ。確かにこれは妹がヒロインだし……エロいゲームっすけど………そんなにエロくないんすよ」

「なに言ってっか分かんねーよ！　日本語で話せ！」

くっ、こいつにだけは言われたくない台詞《せりふ》だったのに……！

「つまり……エロはおまけで、あくまでこれは、妹と純粋に愛を育むゲームなんだよ！」

「おまえ、妹と純粋に愛を育むゲームやって喜んでんの？」

「ぐうっ……！」

ダメだ……！　泥沼……っ!!

『詰み』を理解させられた俺に、彼女様は端的に一言。

「――で？」

「申し訳ございませんでしたァ――ッ！」

渾身《こんしん》の土下座だった。

「エロ本とか、全部捨てるから……！」

「このゲームも？」

「このゲームだけはお許しください……！」

「そこまで大切なのかよ……マジひくわ」

だって捨てるわけにはいかねえんだよ！　桐乃《きりの》のだから！

「ちゃんと然《しか》るべき相手に託しますんで……！　どお――かお許しください！　そして、これからは加奈子《かなこ》様に似ているエロ本しか買わないと誓います！」

「あ、謝る気あんのかてめぇ――っ！」

彼女に許してもらえるまで、ひたすら謝り続ける俺であった。

第五章

――その日。

俺の部屋にノックの音が響いた。

「はい」

「……あたし」

「え？」

桐乃《きりの》がノックしてくるなんて、めちゃくちゃ珍しいな？

「待ってろ、いま開ける」

異常事態だ。俺は、気を引き締めて扉を開く。

現れた妹は、いつもと比べても、やたらと気合いの入った――まるでいまからデートにでも行くかのような服装だった。

「どうした？」

複数の意図を込めて問うと、

「うん……あの、さ」

「――人生相談、あるんだけど」

そのフレーズに、温かな想いを抱く。

自分でも不思議だ。こいつの人生相談に、さんざん振り回されてきたってのにな。

「分かった。中で聞くから、入れよ」

俺、おかしくなっちまったのかな。

なんで、嬉《うれ》しいなんて感じちまってるんだろうね。

「…………………」

おかしいといえば、桐乃《きりの》の様子もおかしかった。

俺の部屋に入れてやってから、黙りこくったままだ。

顔は真っ赤で、熱でもあるんじゃねーかと心配になるほど。

「お、おい……具合悪いのか？」

「だ、だいじょぶだし」

声も小さい。俺が顔を覗《のぞ》き込《こ》むと、逃げるように離れてしまう。

今回の人生相談がよっぽど深刻なのか——それとも別の理由か。

ともかく今日の桐乃《きりの》は、はっきりと異常である。

さっさと話を聞き出さねばなるまい。そんでもって、俺が助けてやらねーと。

しかし、結果だけを見れば……

俺は、妹の人生相談を解決してやることはできなかった。

どころか、聞いてやることさえできなかった。

俺が、話を聞き出すため、気の利《き》いた言葉を考えていたときだ。

机上で充電していた携帯が、でかい音で鳴り出したんだ。

「悪い桐乃《きりの》……電話だ」

液晶を見ると、そこには、俺たちのよく知る名前が表示されていたのである。


……さて。

ここでしばし、語り部《べ》を譲ろう。

誰に、かって？

もちろん、この物語の主役にだ。

＊

——その日。

あたし——来栖加奈子《くるすかなこ》は、師匠の家で、料理を教えてもらっていた。

相も変わらず、献立は肉じゃが。別の物を作らせてもらえる気配は、まったくない。

なので、来栖《くるす》家も田村《たむら》家も、毎日食卓に肉じゃがが並ぶことに。

だってのに、誰もあたしに文句を言ってこねーんだ。ありがてえ話だよな。

とっくに飽きてるだろうが、少しでも美味《おい》しく作ってやりたい。

そんな気持ちを込めて、本日の肉じゃがを完成させる。

「師匠～、どーっすかコレ」

「うん、ちょっぴり上達してきたね」

「……ちょっぴりだけっすか？」

「ちょっぴりだけ」

「そっかぁ……まだまだかぁ……」

「焦《あせ》ることないよ。わたしが付いてるから」

師匠は穏やかに笑う。

「わたしが、加奈子《かなこ》ちゃんを、どこに出しても恥ずかしくないお嫁さんにしてあげる」

この人は、繰り返し、そう言うんだ。

正直……戸惑う。

「……師匠はさ」

「ん？」

「どうしてそこまで親切にしてくれんの？」

「……もしかして、まだ怪しんでる？」

「うーん」

怪しんでるっつーか……。

「最初はそりゃ、お人好《ひとよ》しすぎてうさんくせーって思ってたけど。――でも、違うじゃん。師匠、そんな人じゃねーし。あたしばかだけど、そんくらいわかんよ」

「…………」

「師匠、失礼なこと言っていいっすか」

「どうぞ」

じゃ、遠慮なく――

「あんた、頭大丈夫？」

「そう思う？」

怒らせる覚悟で言ったのに、返ってきたのは苦笑だった。

あたしは、さらに困惑を強めてしまう。

「ぜってーおかしいって。ありえないっしょ」

戸惑いに――少量の怒りさえ込めて、内心を吐き出す。

「人が好《よ》すぎてなんか企《たくら》んでるとしか思えないんだけど、あたしの見立てでは、あんたそんな人じゃないんすよ。あたし、こうやって色々教えてもらって、すげー恩あるし。メシとか、食わせてもらったし――」

何度考えても、同じ結論になっちまうんだ。

「──師匠のこと、けっこう好きなんすよ」

「……そっか。ありがとう、加奈子《かなこ》ちゃん」

「そういうとこが、じれったいっつってんすけどぉ」

「あのね……加奈子《かなこ》ちゃん」

あたしのイラだちを、師匠は、ゆったりと受け止めてしまう。

「加奈子《かなこ》ちゃんは、わたしのことを『お人好《ひとよ》し』って言うけど……そんなことはないんだよ？　わたしにだって、企《たくら》んでることくらいあるんだから」

「ほんとっすか？　ウソじゃなくて？」

「うん、ほんと。だから加奈子《かなこ》ちゃんは、わたしに気を遣って、変な遠慮なんてしない方がいいよ？」

「加奈子《かなこ》ちゃんが油断した頃に──泣かせちゃう予定なんだから」

お人好《ひとよ》しな笑顔には、悪意のかけらも見て取れない。

だけど、そこまでの演技だとしたら──

「へえ、オモシレーじゃん」

このときのあたしは、そう思ったんだ。

泣いてなんかやるもんか――って、すげーテンション上がって、燃えてきた。

挑まれた、って、思ったから。色んな意味で、さ。

「いいっすよ、師匠。受けて立ちますよ。あんたがなに企《たくら》んでんのか知らねーけどぉ、ぜったい負けねーー！」

「うん、その意気その意気」

あたしの宣言を受けた師匠は、嬉《うれ》しそうだった。

「じゃ、元気いっぱいになったところで。続きしよっか」

「うっす」

「それが終わったら、次はお勉強の時間だからね～」

「うへぇ～」

なんか企《たくら》んでるのは分かったけど……それ込みでも、面倒見よすぎだよなぁ、この人。

料理と勉強の特訓が終わる。

「今日もお疲れ様、加奈子《かなこ》ちゃん」

「ありがとうございました、師匠ー」

目上の人に、ビシッと礼をする。毎日毎日、長い時間、こうして付き合ってもらってるんだ
――お疲れ様ってのは、こっちの台詞《せりふ》だった。

と、そこで携帯が鳴った。

「おっ、京介《きょうすけ》かな？」

画面を見ると、そこに表示されていた名前は、

「なーんだ、あやせかよ」

期待外れな声とともに、通話ボタンを押し込み、携帯を耳に当てる。

「はい、あたしぃ」

『——忌《い》まわしき幻想に囚《とら》われしモノに告げる』

いきなり謎の呪文が聞こえてきて、めちゃくちゃビビったわ。

「あ？　あやせじゃねーの？　誰？　イタ電？」

『——高坂京介《こうさかきょうすけ》は、我ら〝暗黒の同盟《ダークアライアンス》〟が預かった』

電話の主がヤベえやつってことしか分からん——じゃなくて！

「ちょ！　い、いま、なんてった⁉」

『〝暗黒の同盟《ダークアライアンス》〟』

「そこじゃねーよ！」

一番どうでもいいとこを推してくるこの感じ、電話の相手、絶対友達いねーだろ。

あたしが騒いでいると、師匠が寄ってきて、

「ど、どうしたの加奈子《かなこ》ちゃん⁉」

「な、なんか頭おかしいやつから電話かかってきて――京介《きょうすけ》を、預かったって！」

「ええーっ⁉　ゆ、誘拐⁉」

『ククク……慌てているようね、愚かなる人間よ……彼の魂を救いたくば……』

そこで、電話に別の声が割り込んできた。

『黒猫《くろねこ》さん！　ちゃんと用件を伝えてください！』

『フッ、だから私はちゃんと、なっ、やめ……なにをするの……』

な、なんだぁ？

電話の向こうが騒がしい。

とか思っていたら、よく知る声が聞こえてきた。

『――加奈子《かなこ》？』

「あやせぇ～⁉　やっぱり、おまえが誘拐犯の黒幕だったのかよ！」

『違います！　というか「やっぱり」ってなに⁉』

あやせはそう否定したが、あたしは、内心のイラだちを隠さず言う。

「イタ電とかマジうぜーんだけどぉ。つか、最近感じ悪くね？　この前の海んときからずっとよぉ～。……で？　京介《きょうすけ》があんだって？」

『……お兄さんには、ここに来てもらってる』

やっぱり誘拐したんじゃねーか。

きっと……京介《きょうすけ》は、あやせに殴られて、気絶させられて、ナワで縛られて、どっか山奥の小屋とかに監禁されているに違いねえ。

後から考えりゃ、さすがにひでーが――なにぶん、あたしも動転してたから。

こんときは、あやせに本気で暴言を浴びせたんだ。

「チッ、いー加減にしとけよブス。京介《きょうすけ》に指一本でも触ったら、ぶっ殺すかんな。この前も桐乃《きりの》がどーとか言ってたけどよー。ウダウダすんのやめよーぜ。らちがあかねーよ」

『……奇遇だね、加奈子《かなこ》。わたしたちも、同じ気持ちなんだ』

あやせは、底冷えするような声で言った。

『――これから言う場所まで、来てくれる？　一人で』


「――来てやったぞ」

あたしが呼び出されたのは、京介《きょうすけ》の家のそばにある公園だ。

周囲に人気はなく、風が木葉《このは》を揺らしている。

「加奈子《かなこ》。ごめんね、いきなり呼び出したりして」

あたしを待ち構えていたかのように、いずこからか、人影がゆらりと現れる。

……あやせ。

そして、前にあやせと一緒に絡《から》んできた、ナントカっつー黒服の女。

見覚えがありすぎるコスチュームは、姉貴の漫画に出てくるキャラと同じものだ。

だからなんだっつーわけでもねーけどさ。奇妙な感じだった。

あたしのメシ代とか、学費とか、こいつが払った金からも出てるんだよなぁ、なんて。

変なことを考えちまう。そんな場合じゃねーってのに。

「……フッ……本当に一人で来るなんて……その勇気だけは褒めてあげるわ」

「うっせーよイカレ電波。さっさと京介《きょうすけ》出せ、おら」

「……な、なんですって？　リア充風情《ふぜい》が……言ってくれるじゃない」

黒い女は、妙なポーズで片目を隠し、

「我が真名は〝闇猫〟……二度と間違えるな」

その女の言動に、あたしだけじゃなく、あやせまでもがうんざりしていた。

「……黒猫《くろねこ》さん、ちょっと黙っててもらえます？　話が進まないので」

「……いいわ。〝闇天使《ダークエンジェル》〟……先鋒《せんぽう》はあなたに譲りましょう」

闇猫とやらは、後方へと下がった。

恥ずかしい名前で呼ばれ赤面するあやせに、あたしは言ってやる。

「これから学校でも〝闇天使《ダークエンジェル》〟って呼ぶかんな」

本気で嫌そうだった。うろたえる顔を見ても、あたしの溜飲《りゅういん》は下がらない。

「じゃーぐだぐだやってねーで京介《きょうすけ》出せヨ。いるんだろ、ここに」

「……ああ、あれは嘘《うそ》」

「なにぃ！　どういうコト⁉」

「……お兄さんは、いま、桐乃《きりの》と二人きりで……話をしていると思う」

「騙《だま》したのかよ！」

こいつさァ、嘘《うそ》を吐《つ》かれるの大嫌いなくせに、自分はわりと嘘吐《うそつ》きやがるよなぁ。

「予定が変わったの。本当は、お兄さんにも同席して欲しかったんだけど……桐乃《きりの》に怒られちゃったから」

「……桐乃《きりの》に？」

どういう状況なんだか、さっぱり分かんねー。

「お兄さんはいないけど……この前の話の続き、しようか」

「ここなら、先日のような邪魔は入らないわ」

あやせの後方で、激ヤバ電波女が嗤《わら》う。

「──決着をつけましょう」

「おもしれーじゃん」

「やめて！」

——大丈夫だ。俺はおまえのいいところをたくさん知ってる。

——文句は全部俺が聞く。加奈子《かなこ》のいないところでな。


……あいつに庇《かば》われてばっかで、いられっかよ。

やってやる！

「桐乃《きりの》の気持ちを踏みにじったとか、言ってたよな。あれってよー、どーいう意味？」

あたしは、まず、こう切り出した。

するとあやせが、目の光を消して、答える。

「桐乃《きりの》とお兄さんが、最近までずっと仲が悪かったって……知ってる？」

「へー、そうだったんだ」

「……そんなことも知らないくせに」

目がやべぇ。

やっぱおっかないわ、この女。

「桐乃《きりの》……最近、お兄さんとやっと話せるようになったって、喜んでた。これから少しずつ素直になっていけるかもって、笑ってた」

そこで、闇猫とかいう女が、あやせに問う。

「そんなことを？　あの女が？」

「……はい。疑うんですか？」

「あえて否定はしないわ。──そう思っていたのは、事実でしょうし」

視線をあたしに戻したあやせは、ふぅ、と大きく息を吸った。

それから、重大な秘密を暴露するような口調で、

「桐乃《きりの》は、お兄さんのことが大好きなの！」

おまえの大罪を教えてやるとばかりに、

「なのに加奈子《かなこ》は、桐乃《きりの》の気持ちを踏みにじった！」

「知るかよｗｗ」

あたしは、思いっきりバカにしてやったよ。

「つーか、妹だろ？」

「そんなの関係ないっ！　好きなものは好きなんだから！」

「それがなに？」

あたしの気持ちは、これっぽっちも動かない。

あやせの分が悪いとみたのか、闇猫も会話に加わってくる。

「あなたと京介《きょうすけ》が付き合うことによって、桐乃《きりの》が辛《つら》い思いをしているのは事実よ」

「そっか。教えてくれてサンキュー」

　あたしは、もう一度、同じように問う。

「で？　それがなに？」

「加奈子《かなこ》──あなた、桐乃《きりの》の友達でしょ？」

　空気がびりびりするような、あやせの怒りが、伝わってきた。

　あたしは臆せず、堂々と本心を告げる。

「おう、最高のダチだと思ってんよ」

「だったら！」

「だからよ」

　物分《ものわ》かりの悪いダチに、これ以上ないくらい、分かりやすく言ってやろう。

「──それがどうしたって言ってんだ」

「桐乃《きりの》の気持ちだぁ？　そんなの知ったことかバァアアアカ！」

「な……っ」

「あたしが一番大切なのはなぁ、あたし自身の気持ちなんだよ！　桐乃《きりの》の気持ちじゃねぇっ！」

「自分さえよければ、それでいいと？」

「は？　なにゆってんの？　あったりめーじゃん！」

全力で肯定したよ。

事実だからな。それがあたしだからな。

「あたしだって、桐乃《きりの》がキツイ思いしてるんなら、なんとかしてやりてーよ。――ダチだしな。でも、それで京介《きょうすけ》を譲れって？　アホか！」

ベロを出しておちょくってやる。

「ぜってーヤダね！　京介《きょうすけ》と別れるくらいだったら、桐乃《きりの》を泣かせる方が百億倍マシだ！

物事には優先順位ってもんがあんだよ！」

「加奈子《かなこ》……あなたって人は！」

「うるせーぼけ！」

怒鳴った。まだ分かんねーのか、このアホどもは！

「ウソ吐《つ》きどもがなに言ったたって、説得力なんかねーんだよ！」

いい加減に、分かりきったウソを自覚しやがれ！

「桐乃《きりの》桐乃《きりの》桐乃《きりの》桐乃《きりの》って、ごまかしてんじゃねーよ！　それだけじゃねーだろ！　はっきり言えよ！　桐乃《きりの》のせいにしてんじゃねーよ！」

怒鳴りすぎたせいで、声が嗄《か》れてきた。

「あたしはばかだし……いまのあたしが、あいつに相応《ふさわ》しくないのだって分かってる。付き合いだって短いし……あたしよりずっと前から、あいつのことを好きだったやつだって、いるだろうさ。でも、それがどーしたよ！　そんなもんに配慮なんてしてやるか！」

嗄《か》れた声を、張り上げる。

目の前にいるふたりと、あたし自身に、はっきりと言う。

「あいつの彼女はあたしだっ！　絶対誰にも渡さねぇ！」

付き合いが浅かろーが、あたしがあいつに相応《ふさわ》しくなかろうが。

ごまかすのはナシだ。

あたしは、いつだって——京介《きょうすけ》のことが好きだ！　って、思いっきり主張してやる。

自慢の彼女になって、全員見返してやるんだ……！

そう約束したから。

「文句があんならかかってこいよオラァァァ！」

これで、全部だ。

言いたいこと、全部出し切った。

力尽きて、足がくずおれそうになる。

喉はガラガラで、明日は声が出せねえかもしれねえ。

だけど最後まで強がって、睨《にら》み付《つ》けた。

「…………」

「…………………」

あたしの宣言を、どう受け取ったのか、ふたりはじっと立ち尽くし、黙っていた。

無言の時間が長く、長く過ぎて……。

「──見事、と言っておくわ」

最初に口を開いたのは、黒い女だった。

「痛いところを衝《つ》かれてしまったわね〝闇天使《ダークエンジェル》〟」

「……ふ、ふん。なんのことです？　分かりませんね」

「……フッ……そう」

黒い女は、あたしを真《ま》っ直《す》ぐ見る。

「──来栖加奈子《くるすかなこ》」

「……んだよ」

「あなたの考え方や想《おも》いは、十分に分かったわ」

正面から向かい合った彼女の瞳。

そこに、涙が滲《にじ》んでいる。

「──安心した。私はただ、早いもの勝ちで負けたのではなかった。あなたは、我が宿敵として相応《ふさわ》しい存在だった」

「……おまえ」

なんとなく――

お互いに、通じ合う感触があった。

そして、もうひとり。

「まあ、加奈子《かなこ》らしいんじゃない？」

あやせは、大きな、大きなため息を吐いて――力を抜いた。

「……あやせ」

「言っておくけど、この恨みは忘れたわけじゃないから」

腕を組んで、ふいっとそっぽを向くあやせ。

闇猫が、その肩を叩《たた》く。

「行きましょう。敗者は潔《いさぎよ》く滅びるものよ」

「はいはい。……なんだかあなたとは、長い付き合いになりそうですね」

「願い下げよ。今回だけにして欲しいものね」

「またまた。少しは分かってきたんですよ、あなたのこと」

「ふん、馴《な》れ馴《な》れしくしないで頂戴。――来栖加奈子《くるすかなこ》」

「おう」

「――また、来世で会いましょう」

こいつとは、きっと、もう、会うことはないんだろう。

なんとなく、そう思った。

＊

俺は——

桐乃《きりの》とふたり、呆然《ぼうぜん》とその光景を眺めていた。

加奈子《かなこ》があやせたち相手に、啖呵《たんか》を切って。

たったひとりで、話を付ける。

そんな、とんでもない光景をだ。

今後の永い人生で……思い返すたび、何度でも惚《ほ》れ直すような啖呵《たんか》だった。

「あ、あいつら……やめとけって言ったのに…………な、なにやってんの……」

桐乃《きりの》は、俺以上に驚いている。

どうやら、いまの一件、こいつが直接関係しているわけではなさそうだ。

事情を説明しよう。

桐乃《きりの》の人生相談を聞こうとしていたとき、俺の携帯が鳴り出したのを、覚えているだろうか。

電話をかけてきたのは、沙織《さおり》だったんだ。

——京介《きょうすけ》氏、一大事でござる！

あいつは、めちゃくちゃ慌てていたよ。

黒猫《くろねこ》が、あやせと一緒に、加奈子《かなこ》を呼び出そうとしている——ってな。

俺は、場所だけ聞いて、飛び出したさ。

桐乃《きりの》も付いてきた。

人生相談に関係あることだから——ってな。

——……**桐乃《きりの》に怒られちゃったから。**

きっと桐乃《きりの》も、あやせから多少は話を聞いていたんじゃねえかな。

それで諭して、窘《たしな》めて……だけどあやせは、止まらなかったんだ。

「…………………」

俺は、妹の顔を見る。そうして聞いた。

「桐乃《きりの》」

「はひっ？」

「大事な質問だから、ちゃんと答えてくれ」

「ん……う、うん」

質問の内容を予想しているのだろう。桐乃《きりの》は、緊張した面持ちで居住まいを正す。

俺は、率直に聞いた。

「——いま、あやせたちが話してたことは、本当か。その、おまえの人生相談の内容って

「────」

桐乃《きりの》は、一瞬だけ目を大きくし、いつものように、

「そんなわけないじゃん」

兄貴をバカにするような台詞《せりふ》を、いままでで一番優しい声で、

「あんたなんか、大嫌い」

台詞《せりふ》とまったく合っていない、穏やかな表情で、

「……でも、そんなに悲観することないよ」

ゆっくりと、口にした。

「あんたのこと、あんなに好きになってくれた娘が、いるんだから」

「……桐乃《きりの》」

「兄貴、人生相談はもういいや。代わりに聞いて。あたしの、一生のお願い」

「加奈子《かなこ》のこと、大事にしてあげてよね。じゃないと、許さないから」

「分かった。約束する」

『妹からの一生のお願い』をしっかりと受け止め、胸に納める。

「ふひひー、なら、よし」

その笑顔を、生涯忘れることはないだろう。

■ore no imouto ga konnani kawaii
wake ga nai ⑰
kanako if

エピローグ

そうして、幸せな日々が過ぎていった。

夏が終わり、秋が来て、冬になり……季節は巡っていく。

受験、そして卒業。

「合格おめでとう、加奈子《かなこ》ちゃん」

「いや〜、師匠のおかげっすよ〜、うへへ〜」

田村《たむら》家の前で、加奈子《かなこ》が、俺と麻奈実《まなみ》から祝福されている。

「まさかおまえが、俺らと同じ高校に合格するとはなあ。なんで教えてくれなかったんだよ」

「だって、びっくりさせたかったから」

うひひ、と、得意げに笑う加奈子《かなこ》。

そこで俺は、遅ればせながら聞いた。

「ところでおまえ、髪の色」

「ちょ、気付いてたなら最初に言えよっ！　内心めっちゃ落ち込んでたんだからなっ！」

そう。

加奈子《かなこ》は髪を、黒に染め直していた。

がらりと清楚《せいそ》な雰囲気になって、実は驚いていたんだ。

可愛《かわい》すぎて、どう褒めたらいいのか、って迷っちまって。

なかなか聞けずにいたんだ。

「もぉ……きょうちゃん？」

「悪かったって！　先にお祝いしなくちゃと思ってたからよ。聞くのが遅れただけ」

麻奈実《まなみ》からも叱られた俺は、適当にごまかしてしまう。

「親父《おやじ》もびっくりしてたぞ」

「マジで？　あたしを認めてくれたってコト？」

「おう、マジマジ。おまえに、初めて会ったときのことを謝るってさ」

「あんなの、もう気にしてねーよ。――でも、」


「見返してやれたかな？」

「ああ！」


ふたり、顔を合わせて笑い合う。

加奈子《かなこ》は高校生になって。

俺は大学生になって。

色々なものが、めまぐるしく変化していく。

その中に――

妹との、再びの別れがあった。

「無理……すんなよ。いつでも帰ってきていいんだからな!」

「分かってるって」

「身体《からだ》に気をつけろよ。毎週電話しろよ」

「はいはい。これだからシスコンは」

「大丈夫。もしものときは、助けに来てくれるんでしょ?」

「当たり前だ」

「…………うん」

今日は、海外に長く旅立つ桐乃《きりの》を、空港まで見送りにきた。

あまりにも名残惜しくて、寂しくて、涙を堪えるだけで精一杯。

鼻声になってるのは、きっと、気付かれているだろう。

「……あたしさ。あんたの妹で、よかった」

最後の最後で、そんなこと……言いやがって。

「……あんたは?」

「……ばかやろう」

そんなの決まってる。

「俺もだ」

もう、堪えるのも限界だった。

だけど――

「ずっと、おまえの人生相談に振り回されてきた。ムカつくことばっかだったけどな。――悪くなかったよ。バカな連中とバカなことやって、おまえとは喧嘩《けんか》ばっかして……俺までオタクの仲間になっちまって」

笑顔だけは絶やさず、別れよう。

「むちゃくちゃ楽しかった」

「そっか」

「おまえの兄貴でよかった」

「そっか」

ふふ、と、ひでえ顔で、笑い返してくる。

「……なに泣いてんの？　別に、ずっと会えないわけじゃないのに」

「うるせぇ……」

おまえだって、人のこと言えないだろうが……。

「行ってくるね。兄貴」

「おう、行って来い！」

　去っていったやつもいた。

　……ずっと側にいて、見守ってくれたやつもいた。

　俺たちが喧嘩《けんか》をしたときは、いつだって仲裁してくれた。

　悩めるときは、相談に乗ってくれた。優しく、厳しく、励ましてくれた。

　俺の幼馴染《おさななじ》みで、加奈子《かなこ》にとっても、大切な恩人。

　めまぐるしく変わる日常の中で、幾度季節が巡っても、変わらずそこにいてくれた。

　そしていま、式前の控え室で――ウエディングドレスに身を包んだ新婦が、『その人』と挨拶をしている。

　そう。今日は、俺と加奈子《かなこ》の結婚式だ。

「……うん。すっごく綺麗《きれい》だよ、加奈子《かなこ》ちゃん。最高の花嫁さんだね」

「麻奈実《まなみ》さんのおかげです。ぜんぶ、ぜんぶ」

「そんなことないよ。加奈子《かなこ》ちゃんは、すっごく、すっごく頑張ったじゃない？　それは、きっとわたしが誰よりも知ってる」

　麻奈実《まなみ》は、新婦の手を取って、微笑《ほほえ》んだ。

「一生の自慢……わたしの」

それから、俺に向かって、昔どおりのあだ名で呼ぶ。

「きょうちゃん」

「おう」

「結婚、おめでとう」

「ああ」

俺たちの間に、言葉はあまり必要ない。

なのに麻奈実《まなみ》は、珍しく――前置きをする。

「えっと……一つだけ、いいかな」

麻奈実《まなみ》は顔を赤くして恥じらっていたが……

やがて、意を決したかのように、真《ま》っ直《す》ぐ俺の目を見詰めた。

いつものように微笑《ほほえ》んで、

「――あなたのことが、ずっとずっと好きでした」

それは、この場面で口にするには、最もそぐわない告白だった。

「――ありがとう」

　俺にだけは、ぜんぶ伝わった。

「だけど、ごめん。俺は、加奈子《かなこ》を愛してるんだ」

「うん」

　麻奈実《まなみ》は、微笑《ほほえ》みのままに受け入れる。

「ちゃんと答えてくれて、ありがとう。ちゃんと答えられるように、なったんだね」

　見詰め合う数秒で、多くの想《おも》いを交換した。

　幼い頃、多くの時を共に過ごした俺たち。きっと、誰よりも分かり合っていた。

　もしかしたら、自分自身よりも。

「なんでだよ……」

　悲痛な声は、加奈子《かなこ》からだ。

「なんでだよ……！　師匠……！　お人好《ひとよ》しじゃないって言ったじゃないか！　わたしにだって企《たくら》んでることあるって……」

　ウエディングドレス姿のままで、子供のように涙をこぼす。

「遠慮するなって……、油断するなって……全部ウソだったのかよ！」

　言葉遣いが、昔に戻っていた。

　麻奈実《まなみ》は、加奈子《かなこ》の頭に優しく手を置いて、

「嘘《うそ》じゃないよ。言ったでしょ……『油断した頃に、泣かせちゃう』って」

「ば……かやろぉ……！　こんなのってねーよ！　あんた、ばかだよ……！」

麻奈実《まなみ》の胸に顔を埋めて、泣きじゃくる加奈子《かなこ》。

その頭を、麻奈実《まなみ》が優しく撫《な》でている。

「——幸せになりなさい、加奈子《かなこ》ちゃん」

＊

——それからは、本当に目の回るような日々だった。

なにから話せばいいだろう。

結婚式に、京介《きょうすけ》と姉さんの説得で、ずっと仲の悪かった両親が来てくれたこと。

義父《とう》さんと義母《かあ》さんに、おめでとうと声をかけてもらったこと。

元クラスメイトや、一緒に仕事をした仲間たちが駆けつけてくれて、披露宴を盛り上げてくれたこと。

新婚旅行でグアムに行って、二人きりで目一杯遊んだこと。

結婚してからも相変わらず料理が下手で、いまもたびたび麻奈実《まなみ》さんの手を煩わせていること。

そして——

娘ができたこと。

「おかーさん」

「なぁに？　かなみ」

「かみ、むすんで」

「どんなふうに？」

「めるる！」

「はいはい」

以前コスプレをしたこともあるあのアニメは、いま、リメイク版を放送中。

見るたびに、なんともいえない懐《なつ》かしさと、かつての夢を思い出す。

あの頃の写真をこの娘に見せたら、どんな顔をするだろうか。

「おかーさんも、むかしめるるだったんでしょ？」

「げほっげほっ……誰から聞いたの？」

「ぶりじっとちゃん」

娘が指差すテレビには、よく見知った金髪碧眼《へきがん》の美女が映っている。

綺麗《きれい》に成長した——ブリジットだ。

「……あの野郎」

人気アイドルとして日本で活躍していたブリジットは、いまアイドルを卒業し、女優に転身。

主に邦画に出演しているらしい。

かつて夢だった光景を観《み》ていると、目がくらんでしまいそう。

「ただいまー」

「おかえり！　おばちゃん！」

桐乃《きりの》が帰ってきた途端、娘がぱあっと笑顔になった。

優しくて甘々《あまあま》な叔母さんのことが、娘は大好きなのだ。

海外で仕事をしていた桐乃《きりの》は、ここ数年、日本に戻ってきており……一緒に暮らしている。

「おばちゃんって言わないでよ～。あたしまだ二十代なのに～」

「うん！　わかった！　おばちゃん！」

「くっ……そ、そうそう！　今日はスペシャルゲストがいるんだよ！」

じゃじゃーん、と、桐乃《きりの》が扉を手で示す。

現れたのは――いまテレビに映っている、ブリジット本人だ。

「こんにちは」

「いらっしゃい、ブリジット」

「うん、お邪魔しまーす」

「桐乃《きりの》ぉ――ぜんぜんスペシャルゲストじゃないじゃない。ブリジット、うちによく来てるんだから」

「え？　三日ぶりでしょ？」

「……いいけどね、楽しいから」

「でしょ？　でしょ？」

「……あははは、毎週お世話になってます」

ブリジットは苦笑しながら、私の隣に座った。

娘が、桐乃《きりの》を見上げて、おねだりを始める。

「おばちゃん！　これ買って！　めるるのコレ！」

「なになに⁉　なんでも買っちゃるよー！　あ、コレ？　コレならあたしもう持ってるし！　最新のやつでしょ？　いま持ってきてあげるね！」

どたどたとリビングを飛び出していく桐乃《きりの》。

その姿を見送っていると――

「ただいまー……ってうわ！」

「あイタ！　ちょっと、どこに目ぇ付けてんのおっさん！」

「うるせーよニート。いい年こいて実家に入り浸りやがって」

「そんなのあたしの勝手でしょ！　あたしん家なんだから！」

リビングの外から、そんな口喧嘩《くちげんか》が聞こえてくる。

ブリジットが、くすくすと笑って、

「旦那さん、帰ってきたみたいだよ」

「うん……ごめんね、うるさくて」


「――ただいま」


毎日待ち望んでいる声とともに、休日出勤から夫が帰ってきた。

「昼間のうちに、帰ってこられてよかったよ」

「おとうさん！」

「おう、ごめんな、日曜日なのに出かけてて」

「いっしょにめるるみる？」

「ああ、みんなでな」

何度も聞いた、あのオープニングテーマが流れてくる。

この光景は、どれだけの奇跡のもとに成り立っているのだろう。

彼との馴《な》れ初《そ》めを思い返す度に、そう思う。

二人で乗り越えてきた、波瀾万丈《はらんばんじょう》な道程《みちのり》を思い返す度に、そう思う。

祝福してくれた人もいた。

祝福してくれなかった人もいた。

――長い時間が経《た》って、最後には、祝福してくれた人もいた。
諦めた夢を、継いでくれた人がいた。
そして。
愛する人が、これからもずっと一緒にいてくれる。
これから先、どんな困難があろうとも。
「――おかえりなさい、あなた」
私はとても、幸せです。

■ore no imouto ga
konnani kawaii
wake ga nai⑰
kanako if

【或る結末の続き】

先に明かしてしまうと、これは俺が見た夢の話である。

朝になって目覚めた瞬間——幻となって消えてしまう、泡沫《うたかた》の様な物語だ。

拍子抜けしてもらって構わない。

なんだ夢かよ、と。

まどろみから醒《さ》めてしまえば、何もかもなかったことになってしまう、意味のない虚像。

ただし——

夢の中の俺にとっては、いまこうしてここに居る俺の方こそが、夢なのかもしれないが。


会社から帰宅すると、妹がリビングで娘と遊んでいた。

妹の名前は高坂桐乃《こうさかきりの》。国内海外問わず活躍する、若き人気モデル様である。ライトブラウンに染めた髪の毛、両耳のピアス、長く伸ばした爪には艶《あで》やかにマニキュアを塗っている。

かつてのトレードマークはそのままに、歳《とし》を重ね、錬磨を重ね、その美貌はいままさに最盛期を迎えようとしていた。

中学生時代のあやせを天使とするなら、妙齢の美女となった桐乃《きりの》は、さながら女神だ。

身内のひいき目なんかじゃない。見てくれだけなら、本当に、世界で二番目に美しいのではないかと思うほどなのだ。そんな自慢の妹が、俺の帰りを家で待ってくれているのだから、俺は誰もが羨む幸せ者なのかもしれないな。

「ただいま」

声を掛けてみると、返事がないどころか、こちらを一瞥《いちべつ》すらしない。豪華な私服姿の桐乃《きりの》は、ソファに腰掛け、俺の娘（三歳・世界一かわいい）を膝の上にのせて、携帯ゲームをやっている。ときおり優しい満ち足りた笑顔で、娘の頭を撫《な》でていた。

──器用なやつだな。

まあ、微笑《ほほえ》ましい光景ではある。

妹たちに近づきながら、そんな様子を眺めていると、桐乃《きりの》が俺の娘に向かって、猫なで声で話しかけた。

「──そして、しおりちゃんはお兄ちゃんと結ばれて、しあわせ～にくらしたんだってさ。めでたしめでたし、よかったねぇ～」

ちょ⁉

「お、おおお、おいそこの妹……！　俺の娘に何を読み聞かせてやがる！」

聞き覚えのある『しおりちゃん』という名前に、俺は大慌てで問い詰める。

すると桐乃《きりの》は、しれっと顔を上げ、

「あ、帰ってたんだ。おかえり」

などと言う。

「おかえりじゃねえ！　お、おまえ、おまえ……まさか俺の娘と──」

さすがに〝アレ〟をやっていたのか、などとは問えず、

「きょ、教育に悪いゲームをやっていたんじゃあるまいな！」

直前でそう言い直した。

しかし返ってきたのは妹からの謝罪ではなく、「びぇぇ〜ん」という娘の泣き声だった。

「いきなり大きな声出さないでよ！　泣いちゃったじゃん！」

さらに叱られる。

「ご、ごめん」

「はーいはいはいはいはいはい、よしよしよしよしよし、いいこいいこ。お父さん怖い怖いねー、あとでママがやっつけてあげるからねー、はいちーん」

ちーん、と鼻をかんであげる桐乃《きりの》。泣いた子供をあやす手際《てぎわ》も、ずいぶんと手慣れている。

……完全にヤンママだな、こいつ。

桐乃《きりの》は、娘を片手で抱っこしたまま、空いている手で器用に携帯ゲームをプレイしている。

俺をジロリと睨《ね》め付《つ》けて、

「で？　なんなわけ？」

「いや……だから……そのゲーム、なに？」

「ああこれ？　昨日出たばっかの新作妹ゲー」

携帯ゲーム機を自慢げに掲げる桐乃《きりの》。テーブルの上には、ゲームのパッケージが置かれてい

る。見たところ、いかがわしい代物ではないらしい。

「あ、そ……だったらいいんだけどよ」

……なんだか俺も、あやせみたいなこと考えるようになったな。

これが子を持つ親の気持ちというものか。

「しっかしおまえ、相変わらずだよな、そういうとこ」

「は？　なにが？」

「相変わらずオタクだなってさ」

二十歳も超えて成人したというのに、依然として俺の妹は、妹！　妹！　妹！　の毎日を謳《おう》歌《か》している。娘が生まれてからここ数年、桐乃《きりの》は海外の仕事そっちのけで日本の実家に入り浸るようになった。休日になると昼間からリビングに居座って、娘と一緒にメルルの再放送やリメイク版を観《み》て萌《も》え転がっている始末。

「オタクの魂百まで、ってところか？」

「あったりまえじゃん！　あたしはあたしなんだから！」

その輝かしい笑顔は――人生相談を打ち明けてきた中学二年生の頃と、同じものだった。

桐乃《きりの》たちをやり過ごしてキッチンへと向かう途中、食卓を拭いていた嫁が、嬉《うれ》しそうに近寄ってきた。

「おかえりなさい、あなた」

「ああ、ただいま」

まるで新婚夫婦のようなやり取りに、顔が熱くなる。何年も繰り返してきたというのに、いまだに慣れないのだから不思議なものだ。

「今夜の夕食、張り切って作ったから、期待しててくださいね」

「おう――って、なんかめでたいことでもあったのか？」

聞くと、「ふふ、お祝いがあるんだ」と、慈愛の微笑《ほほえ》みが返ってくる。

「お祝い？　え？　なんだろ」

少し考えてみるが、思いつかない。

「もしかして……二人目？」

「⁉　ち、違います！」

嫁は、真っ赤になって腕を叩《たた》いてきた。

「はは、違うのか。残念」

「もぉ……」

頬を膨らませ、上目遣いに見上げてくる。俺はその頭に手をのせた。

「悪かったって。ごちそう、期待してる」

ひらひらと手を振って、奥へと向かい冷蔵庫を開ける。

麦茶を飲んで一息つくと、煮物の鍋を見ていたお袋と目があった。

「おかえり」

「ただいま」

「京介《きょうすけ》、帰って来る途中でお父さん見なかった？」

「見てないけど。親父《おやじ》、どっか出かけてんの？」

「おもちゃ屋さん。さっき『お姫様』にお人形さんおねだりされて——飛び出してっちゃった。いますぐ買ってくる！　って張り切ってたわよ」

「……やれやれ」

何を隠そう親父《おやじ》、孫にデレデレである。

あの厳格だった親父《おやじ》の姿は、いまや見る影もない。

「娘をあんまり甘やかさないでくれないかな……ありがたいけど、度を超すと教育に悪いし」

「ごめんねえ」

苦笑するお袋。鍋からは、かぐわしい夕食の香りが漂ってくる。

「美味そーな匂い。……もうハラ減ったよ」

「はいはい。お父さん帰ってきたら、夕食にするから」

お袋は頬に片手を当てる。それから、嫁に聞こえないくらいの小声で言う。

「でも——京介《きょうすけ》あんた、いいお嫁さんもらったわねえ」

「え？　な、なんだよ……突然」

「お嫁さんに来てもらってから、あんたもお父さんも美味《おい》しい美味《おい》しいってご飯食べるようになったし。自信なくしちゃうわよもう」

「はは、まあな。というか俺も、あいつがあんなに料理が上手《うま》いなんて、結婚するまで知らなかった」

「ばっかねー、あんた」

「え？」

「練習したに決まってんじゃない。新婚の頃――麻奈実《まなみ》ちゃんに教えてもらって特訓してるの、見たわよ」

「……へぇ」

きっと本当のことだろう。だってあいつは、もの凄《すご》い頑張り屋だからな。

「初めて嫁を正式に家族に紹介したときは、どうなることかと思ったけどな」

「そうねー、お父さんなんかもう卒倒しそうだったわよ。――あたしもすっごくびっくりしたもの。『この娘で大丈夫なのかしら？』って」

失礼な。

「大丈夫だったろ？」

「――うん、そうね。いまのあの娘しか知らない人に当時のビデオを見せても、誰も同一人物だって気付かないんじゃないかしら」

「ははっ、違いない」

「──あのっ、なんの話をしてるんですか？」

俺とお袋の立ち話を聞きつけた嫁が、ちょこちょこと小動物のように寄ってくる。

「俺がおまえのことを愛してるって話だよ」

堂々と言ってやると、

「へっ⁉」

嫁はさらに赤面し、前を向いて硬直したまま、ふらふら〜と、ビデオの巻き戻しのように後退していった。

「……ママって呼ぶの？　分かるかな？　桐乃《きりの》お姉ちゃんのことは、ママって呼ぶんだよ？」

「うん！　おばちゃん！」

「ぬぐ！　お、おばちゃんじゃなくてね？　ママ、ママって呼んで」

「うん！　おばちゃん！」

「ぬううう！　く、くそう……リアル子育てって、超ハードモードじゃん」

リビングに戻ると、桐乃《きりの》が娘によからぬことを吹き込んでいた。

さっきから気にはなっていたが……こいつめ。

俺は呆《あき》れ顔《がお》でため息を吐く。

「……なにやってんの？」

「かわいい姪《めい》っ子ちゃんに、ママって呼ばせようとしてる」

「やめろ」

「えー、なんでぇ？」

「この前、俺と嫁さんと娘とおまえの四人で買い物行ったとき――娘がおまえのことをママって呼んだことがあったろ？」

「うんうん！　アレかわいかったなあ――」

「あんとき肉屋のオバちゃんが、俺をすんげー目で見たんだよ！　『この人たちどういう関係なの⁉』って目だった！　ご近所にひどい噂《うわさ》が広まったらどうしてくれる！」

「兄妹《きょうだい》だって説明すればいいじゃん」

「俺の娘が俺の妹のことをママって呼んでる件について、どう説明しろってんだ！」

「はあ？　ママはママでしょ？」

相変わらず話の通じない女だ！

と、そこで娘が、桐乃《きりの》の顔を振り仰いで一言。

「おばちゃん、おなかすいた」

「もうちょっと待っててね～♪　お爺《じい》ちゃんが帰ってきたら、ご飯だって♪」

「ん～っ、ジジおそい～」

「遅いね～。ねぇねぇ、夕ご飯食べたら、メルルのお人形さんで、ママと一緒に遊ぼ♪」

「うん！」

メルルは最近ブームが再燃して、リメイクされたアニメが放送されているのだった。

「あと桐乃《きりの》お姉ちゃんのことは、ママって呼ぶんだよ？」

「うん！　おばちゃん！」

「ぬあー、もう！」

……複雑な心境だ。親娘《おやこ》より仲いいんじゃねぇの、こいつら。

俺が二人の向かいのソファに腰を下ろすと、桐乃《きりの》が涙目で睨《にら》んできた。

「ねぇ、このコなんであたしのことママって呼んでくれないの？　この前は呼んでくれたのに」

「ああ、あの件で俺もさすがに懲りてな。おまえの写真を見せながら、『この人はおばちゃん』『この人はおばちゃん』って繰り返し教え込んだ」

「なんてことすんの!?　あたしまだ二十代なんだケド！」

「そいつにとっちゃおばちゃんだよ」

「ぬぐっ」

「つうかおまえ、子供好きなら結婚でもすれば？　彼氏くらいいくらでも作れるだろ？」

「はあ⁉　そ、そんなことしたら仕事に支障があるでしょ！」

「その理屈は分からんでもないけど、おまえ最近仕事してないじゃん。家でそいつと遊んでばっかじゃん」

ほぼニートである。

中学生の頃の桐乃《きりの》に、おまえの将来ニートだよと言ったら、どんな顔をしただろうか。

「あんたに関係ないでしょ！　ていうか……あ、あたしがいないと寂しいんじゃないのー？

言ってたじゃん、前、アメリカまで来てさ」

「前って……」

何年前の話だよ。

「それにそのあとも――」

「その話はやめようぜ！」

嫌な予感しかしない。桐乃《きりの》がどのエピソードについて切り出そうとしたのかまでは分からないが、ぶっちゃけどれであっても同じである。

あの時期の俺たちは――なんというか、非常にやんちゃだった。

やんちゃで、子供で、未熟で――後先考えずに突っ走っていた。

そう、思い返すたびに悶絶《もんぜつ》する。

騒がしくて、痛々しくて、楽しすぎるあまりに寂しくなる――

そんなかけがえのない想《おも》い出《で》たち。

「あのさ、桐乃《きりの》」

「なにー？」

「俺――昨夜さ、昔の夢を見たんだ。おまえが留学から帰ってきたばかりのころの夢」

「へえ……さすがシスコン」

そのとき桐乃《きりの》の顔に浮かんだ表情は……まぁ、言わないでおこう。

「懐《なつ》かしいね」

「ああ」

「みんな、なにやってんのかな」

「沙織《さおり》とは会ったぞ、この前」

「マジで？」

「ああ、元気そうだった。久しぶりにござるやってもらっちゃったよ」

「ぷっ！」

けらけらと爆笑する桐乃《きりの》。ひとくさり落ち着いてから、「そっかあ」と息を吐く。

しばしの間があって――今度はこう切り出した。

「あやせとは、結構会ってるんだ、あたし」

「ＯＬやってるんだっけ？」

「そうそう。超綺麗《きれい》になってるよ？　写真見たい？」

「見たい見たい！　超見たい！」

「……キモ、なにその食いつき」

「いや……まあ」

あやせはいまだに俺にとって、初恋の人みたいな感じなのである。

目をつむれば思い出す。

あの——恐るべきハイキックの破壊力。

「じゃなくて」

初めて会ったときの、天使のような微笑。

腕で身体《からだ》を隠して恥じらうあの仕草。

桐乃《きりの》のために感情を剝《む》き出《だ》しにした、あの本気さ。

忘れるわけがない。

沙織《さおり》も、あやせも、麻奈実《まなみ》も、赤城《あかぎ》兄妹《きょうだい》も、リアやブリジット、御鏡《みかがみ》兄弟、ゲー研の連中だって——俺の中で、あのときのまま生き続けている。……言葉の綾《あや》で死んだみたいに言ってしまったが、もちろんいま挙げた連中は生きているし、会おうと思えば会えるのだ。

「桐乃《きりの》。——久しぶりに、みんなで集まるか？」

「本気？」

「おう。本気だぜ。みんなそれぞれ仕事とかあるだろうけど、予定合わせてさ」

「なんか、同窓会みたい」

「そうそれ。そんな感じ。――どうだ？」

「ん。――いいかも。……アキバのメイド喫茶、なんていったっけ……まだ、あるのかな？」

「どうかな。調べてみるよ」

桐乃《きりの》にしてはグッドアイデアだ。いつかのようにあのメイド喫茶で集まるのなら……まさにタイムスリップしたような気分が味わえるかもしれないぜ。あの頃とは幾分面子《メンツ》が変わってしまうけれど……思い出話に花を咲かせて、盛り上がるに違いない。

「どうせなら、盛大にやろうぜ。沙織《さおり》に相談してさ。遠くの連中も呼びたいし、連絡つかなくなってるやつらも、沙織《さおり》ならなんとかしてくれるかもよ」

「あんた、すぐ沙織《さおり》に頼るくせ、全然直ってないじゃん」

「……うむ」

だって頼りになるんだもん、あいつ。

「けど、こういうときに頼らないと逆に怒るよねあの――」

ぐるぐる眼鏡、と言いかけたらしい桐乃《きりの》は、そこで少し言葉を彷徨《さまよ》わせて、

「どんなカッコで来るんだろ、あいつ。まさかとは思うけど、二十歳過ぎて『バジーナ』で来るつもりじゃゃ……」

「はは、一日限りの復活だな」

「……シャレになってないから」

桐乃《きりの》はそこで、娘の頭をそっと撫《な》でる。

母親とお揃《そろ》いの黒髪が、手櫛《てぐし》で梳《す》かれてさらりと流れた。

「うひっ、くすぐったいよぉ……」

「ごめんごめん。……ぷっ、やっぱ親子だよねー、笑った顔がそっくり」

「だな。あと十年くらいしたら、あの頃のあいつそっくりになるんじゃねえか？」

「性格もそっくりになったりして」

「……怖いこと言うなよ」

不安になるだろ。

結婚したいまでこそすっかり落ち着いたが……。

当時のあいつは、なんというか、まあ……アレだったからな。

そんな話をしていると、

「おまたせ」

件《くだん》の嫁が夕食を運んできた。刺身や肉じゃが、鯛《たい》の塩焼き――豪勢な和食だ。

娘が「わぁ、おいしそう」と鼻をくんくんさせる。

「美味《おい》しそうだね～？　あのさあ、今度、特別にママがお料理作ってあげよっか？　なんでも好きなの作ってあげる」

「まずいからヤ！」

子供は容赦ねえ。

桐乃《きりの》はあまりのショックに「……そっかあ」と、うなだれてしまっていた。

そんな光景に、嫁は「あはは」と苦笑して、食卓に料理を並べていく。

ちょうどそのとき玄関で、バタバタと慌ただしい物音がした。

「ただいま！　買ってきたぞ！　人形！　買ってきたぞ！」

どうやら『孫大好きなお爺《じい》ちゃん』が帰ってきたらしい。

「さあ、ご飯にしましょうか」と、お袋が言う。

「その前に――ごちそうの理由を、聞いてもいいか？」

俺は、満ち足りた笑顔で嫁の顔を仰ぎ見る。すると、

「出世、おめでとう」

嫁は、ふんわりと微笑《ほほえ》んだ。

「――知ってたのか」

「ええ、部長さんから聞きました。来週から、課長なんでしょう？」

「——」

「どうかしました？」

「いや、なに、たいしたことじゃないんだが」

思いがけない符合に苦笑する。昔の夢を見たせいか、こいつと出会った日のことが、まるで昨日であるかのように脳裏をよぎった。

「君の言ったとおりになったな」

「え？」

嫁は、きょとんと瞬《まばた》きしたが、

「ああ、確かに言いましたね、当時、そんなことを」

すぐに俺の真意をくみ取ってくれたようで、ゆっくりと頷《うなず》く。

そして、

「はーああ、初めて会ったときは——しょぼいやつだと思ったんだけどなァ。どーしてこんなことになったんだか」

彼女は、出会った頃に戻ったように、小悪魔めいた笑みを零《こぼ》した。

「やかましい」

俺はその頭に片手をのせて、くしゃっとかき回す。

掌《てのひら》に伝わる愛《いと》しい手触り。

そのぬくもりは、紛《まご》う事なき本物だ。
決して夢幻などではない現実だ。
高校を卒業し、大学に入学し、就職活動に奔走し、生涯の伴侶を得、子供を授かった。
『俺』が歩んできた道程《みちのり》は、振り返ればそこにある。
昨夜夢に見た、いまは遠いあの頃。青春の直中にあった、あの時の俺。
『彼』が歩んでいく人生は、果たして俺と同じものだろうか。
温かな団欒《だんらん》に包まれて、俺はふと、そんなことを想《おも》うのだった。

あとがき

伏見《ふしみ》つかさです。『俺《おれ》の妹《いもうと》がこんなに可愛《かわい》いわけがない⑰　加奈子《かなこ》if』を手に取っていただきまして、ありがとうございました。

まずは少しだけ、解説をさせてください。

本書の最後に掲載されている短編『或《あ》る結末の続き』は、PSPゲーム『俺《おれ》の妹《いもうと》がこんなに可愛《かわい》いわけがないポータブル』の特典として執筆したものです。

複数あるゲームのエンディング。そのうちどれかの続き。

誰が京介《きょうすけ》の『結婚相手』なのか、誰ルートの続きなのか、読者にはハッキリと明かされない。

特典小説の読者には、京介《きょうすけ》と結婚したこの子は、いったい誰なのだろう？　と、考えながら読んでいただきたい。

『或《あ》る結末の続き』は、そんな仕掛けの作品でした。

今回、本書に掲載されたことによって、その仕掛けは、もはや本来の効果を発揮していません。

それでも、加奈子《かなこ》ifというこの本に、掲載したかったんです。

本書、加奈子《かなこ》ifで、伏見《ふしみ》つかさ10周年企画としてスタートした『俺《おれ》の妹《いもうと》がこんなに可愛《かわい》いわけがない』ifシリーズは一区切りです。

懐《なつ》かしく、楽しい企画でした。読者の皆様から、熱烈な感想などいただけて嬉《うれ》しかったです。

またいつか、良ききっかけなどありましたら、『俺《おれ》の妹《いもうと》』を書いてみたいです。

次に執筆するのは、『エロマンガ先生《せんせい》⑬』になります。

長らくお待たせして申し訳ありません。

これが、人生最後に出す本。

そのくらいの意気込みでお届けいたします。

二〇二一年六月　伏見《ふしみ》つかさ

かんざきひろ
電撃文庫
エロマンガ先生
eromanga sensei
えろまんが せんせい
①～⑫巻 大好評発売中!
著／伏見つかさ イラスト／かんざきひろ
電撃コミックスNEXT
コミック版
エロマンガ先生
全⑫巻発売中
作画／rin
原作／伏見つかさ
キャラクターデザイン／かんざきひろ
山田エルフが主人公のスピンオフ
エロマンガ先生
山田エルフ大先生の恋する純真ごはん
全③巻発売中
作画／優木すず
原作／伏見つかさ
キャラクターデザイン／かんざきひろ

電撃文庫
伏見つかさ
ore no imouto ga konnani kawaii wake ga nai
俺の妹がこんなに可愛いわけがない
①～⑰巻 大好評発売中!
著／伏見つかさ イラスト／かんざきひろ
電撃コミックス
コミック版
俺の妹がこんなに可愛いわけがない
全4巻発売中
作画／いけださくら
原作／伏見つかさ
キャラクターデザイン／かんざきひろ
電撃コミックス
黒猫が主人公のスピンオフ
俺の後輩がこんなに可愛いわけがない
全6巻発売中
作画／いけださくら
原作／伏見つかさ
キャラクターデザイン／かんざきひろ
Kadokawa Comics A
コミック版
俺の妹がこんなに可愛いわけがない あやせif
①巻発売中
作画／渡会けいじ 原作／伏見つかさ
キャラクターデザイン／かんざきひろ
「少年エースplus」にて連載中!
Kadokawa Comics A
コミック版
俺の妹がこんなに可愛いわけがない 黒猫if
作画／森あいり 原作／伏見つかさ
キャラクターデザイン／かんざきひろ
「月刊少年エース」にて連載中!

●伏見つかさ著作リスト

「十三番目のアリス①〜④」(電撃文庫)
「俺の妹がこんなに可愛いわけがない」(同)
「俺の妹がこんなに可愛いわけがない②」(同)
「俺の妹がこんなに可愛いわけがない③」(同)
「俺の妹がこんなに可愛いわけがない④」(同)
「俺の妹がこんなに可愛いわけがない⑤」(同)
「俺の妹がこんなに可愛いわけがない⑥」(同)
「俺の妹がこんなに可愛いわけがない⑦」(同)
「俺の妹がこんなに可愛いわけがない⑧」(同)
「俺の妹がこんなに可愛いわけがない⑨」(同)
「俺の妹がこんなに可愛いわけがない⑩」(同)
「俺の妹がこんなに可愛いわけがない⑪」(同)
「俺の妹がこんなに可愛いわけがない⑫」(同)
「俺の妹がこんなに可愛いわけがない⑬ あやせif 上」(同)
「俺の妹がこんなに可愛いわけがない⑭ あやせif 下」(同)

「俺の妹がこんなに可愛いわけがない⑮　黒猫if　上」（同）
「俺の妹がこんなに可愛いわけがない⑯　黒猫if　下」（同）
「俺の妹がこんなに可愛いわけがない⑰　加奈子if」（同）
「ねこシス」（同）
「エロマンガ先生　妹と開かずの間」（同）
「エロマンガ先生②　妹と世界で一番面白い小説」（同）
「エロマンガ先生③　妹と妖精の島」（同）
「エロマンガ先生④　エロマンガ先生VSエロマンガ先生G」（同）
「エロマンガ先生⑤　和泉紗霧の初登校」（同）
「エロマンガ先生⑥　山田エルフちゃんと結婚すべき十の理由」（同）
「エロマンガ先生⑦　アニメで始まる同棲生活」（同）
「エロマンガ先生⑧　和泉マサムネの休日」（同）
「エロマンガ先生⑨　紗霧の新婚生活」（同）
「エロマンガ先生⑩　千寿ムラマサと恋の文化祭」（同）
「エロマンガ先生⑪　妹たちのパジャマパーティ」（同）
「エロマンガ先生⑫　山田エルフちゃん逆転勝利の巻」（同）
「名探偵失格な彼女」（VA文庫）

本書に対するご意見、ご感想をお寄せください。

ファンレターあて先
〒102-8177　東京都千代田区富士見2-13-3
電撃文庫編集部
「伏見つかさ先生」係
「かんざきひろ先生」係

読者アンケートにご協力ください!!

アンケートにご回答いただいた方の中から毎月抽選で10名様に「図書カードネットギフト1000円分」をプレゼント!!

二次元コードまたはURLよりアクセスし、
本書専用のパスワードを入力してご回答ください。

https://kdq.jp/dbn/　パスワード　uyusw

●当選者の発表は賞品の発送をもって代えさせていただきます。
●アンケートプレゼントにご応募いただける期間は、対象商品の初版発行日より12ヶ月間です。
●アンケートプレゼントは、都合により予告なく中止または内容が変更されることがあります。
●サイトにアクセスする際や、登録・メール送信時にかかる通信費はお客様のご負担になります。
●一部対応していない機種があります。
●中学生以下の方は、保護者の方の了承を得てから回答してください。

本書はゲーム『俺の妹がこんなに可愛いわけがない　ポータブル』と『俺の妹がこんなに可愛いわけがない　ポータブルが続くわけがない』のシナリオを加筆・修正したものです。

この物語はフィクションです。実在の人物・団体等とは一切関係ありません。

電撃文庫

俺《おれ》の妹《いもうと》がこんなに可愛《かわい》いわけがない⑰
加奈子《かなこ》 if

伏見《ふしみ》つかさ

2021年9月10日　初版発行

発行者　青柳昌行
発行　株式会社KADOKAWA
〒102-8177　東京都千代田区富士見2-13-3
0570-002-301（ナビダイヤル）
装丁者　荻窪裕司（META＋MANIERA）
印刷　株式会社暁印刷
製本　株式会社暁印刷

※本書の無断複製（コピー、スキャン、デジタル化等）並びに無断複製物の譲渡および配信は、著作権法上での例外を除き禁じられています。また、本書を代行業者等の第三者に依頼して複製する行為は、たとえ個人や家庭内での利用であっても一切認められておりません。

●お問い合わせ
https://www.kadokawa.co.jp/（「お問い合わせ」へお進みください）
※内容によっては、お答えできない場合があります。
※サポートは日本国内のみとさせていただきます。
※ Japanese text only

※定価はカバーに表示してあります。

©Tsukasa Fushimi 2021　©BANDAI NAMCO Entertainment Inc.

ISBN978-4-04-913445-2　C0193　Printed in Japan

電撃文庫　https://dengekibunko.jp/

電撃文庫創刊に際して

文庫は、我が国にとどまらず、世界の書籍の流れのなかで〝小さな巨人〟としての地位を築いてきた。古今東西の名著を、廉価で手に入りやすい形で提供してきたからこそ、人は文庫を自分の師として、また青春の想い出として、語りついできたのである。

その源を、文化的にはドイツのレクラム文庫に求めるにせよ、規模の上でイギリスのペンギンブックスに求めるにせよ、いま文庫は知識人の層の多様化に従って、ますますその意義を大きくしていると言ってよい。

文庫出版の意味するものは、激動の現代のみならず将来にわたって、大きくなることはあっても、小さくなることはないだろう。

「電撃文庫」は、そのように多様化した対象に応え、歴史に耐えうる作品を収録するのはもちろん、新しい世紀を迎えるにあたって、既成の枠をこえる新鮮で強烈なアイ・オープナーたりたい。

その特異さ故に、この存在は、かつて文庫がはじめて出版世界に登場したときと、同じ戸惑いを読書人に与えるかもしれない。

しかし、〈Changing Times,Changing Publishing〉時代は変わって、出版も変わる。時を重ねるなかで、精神の糧として、心の一隅を占めるものとして、次なる文化の担い手の若者たちに確かな評価を得られると信じて、ここに「電撃文庫」を出版する。

1993年6月10日
角川歴彦

電撃文庫DIGEST　9月の新刊

発売日2021年9月10日

七つの魔剣が支配するⅧ

【著】宇野朴人　【イラスト】ミユキルリア

盛り上がりを見せる決闘リーグのその裏で、ゴッドフレイの骨を奪還するため、地下迷宮の放棄区画を進むナナオたち。死者の王国と化す工房で、リヴァーモアの目的と『棺』の真実にたどり着いたオリバーが取る道は——。

俺の妹がこんなに可愛いわけがない⑰　加奈子if

【著】伏見つかさ　【イラスト】かんざきひろ

高校3年の夏、俺は加奈子に弱みを握られ脅されていた。さんざん振り回されて喧嘩をして、俺たちの関係は急速に変化していく。加奈子ifルート、発売！

安達としまむら10

【著】入間人間　【イラスト】raemz
【キャラクターデザイン】のん

「よ、よろしくお願いします」「こっちもいっぱいお願いしちゃうので、覚悟しといてね」実家を出て、マンションの一室に一緒に移り住んだ私たち。私もしまむらも、大人になっていた——。

狼と香辛料XXⅢ
Spring LogⅥ

【著】支倉凍砂　【イラスト】文倉 十

サロニア村を救ったホロとロレンスに舞い込んできたのは、誰もがうらやむ貴族特権の申し出だった。夢見がちなロレンスを尻目に、なにかきな臭さを覚えるホロ……。そして、事態は思わぬ方向に転がり始めて!?

ヘヴィーオブジェクト
人が人を滅ぼす日(上)

【著】鎌池和馬　【イラスト】凪良

世界崩壊の噂がささやかれていた。オブジェクト運用は世界に致命的なダメージを与え、いずれクリーンな戦争が覆されると。クウェンサーが巻き込まれた任務は、やがて四大勢力の総意による陰謀へと繋がっていき……。

楽園ノイズ3

【著】杉井 光　【イラスト】春夏冬ゆう

「男装なんですね。本気じゃないってことですか」学園祭のライブも無事成功し、クリスマスフェスへの出演も決定したPNO。ところがフェスの運営会社社長に、PNOの新メンバーを見つけてきたと言われ——。

インフルエンス・インシデント
Case:02 元子役配信者・春日夜鶴の場合

【著】駿馬 京　【イラスト】竹花ノート

男の娘配信者「神村まゆ」誘拐事件が一段落つき、インフルエンサーたちが集合した配信番組に出演した中村真雪。その現場で会った元子役インフルエンサーの春日夜鶴から白鷺教授へ事件の解決を依頼されるが——？

忘却の楽園Ⅱ
アルセノン叛逆

【著】土屋 瀧　【イラスト】きのこ姫

あれから世界は劇的に変化しなかった。フローライトとの甘き記憶に浸りながら一縷の望みを抱くアルム。そんな彼に告げられたのは、父・コランの死——。

僕の愛したジークフリーデ
第2部　失われし王女の物語

【著】松山 剛　【イラスト】ファルまろ

暴虐の女王ロザリンデへ刃向かい、粛正によって両腕を切り落とされたジークフリーデ。憎悪満ちる二人の間に隠された過去とは。そしてオットーが抱える想いは。剣と魔術の時代に生きる少女たちの愛憎譚、完結編。

新作　わたし、二番目の彼女でいいから。

【著】西 条陽　【イラスト】Re岳

俺と早坂さんは、互いに一番好きな人がいながら「二番目」に好きなもの同士付き合っている。本命との恋が実れば身を引くはずの恋。でも、危険で不純で不健全な恋は、次第に取り返しがつかないほどこじれていく——。

プリンセス・ギャンビット
新作　～スパイと奴隷王女の王国転覆遊戯～

【著】久我悠真　【イラスト】スコッティ

学園に集められた王候補者たちが騙しあう、王位選挙。奴隷の身でありながらこの狂ったゲームに巻き込まれた少女と彼女を利用しようとするスパイの少年による、運命をかけたロイヤルゲームが始まる。

ギルドの受付嬢ですが、残業は嫌なのでボスをソロ討伐しようと思います
uketsukejou saikyou
残業回避!
定時死守!
(自分の)平穏を守るため、受付嬢が凄腕冒険者へと変貌する――!?
第27回 電撃小説大賞 金賞 受賞
ギルドの受付嬢ですが、残業は嫌なので
ボスをソロ討伐しようと思います
冒険者ギルドの受付嬢となったアリナを待っていたのは残業地獄だった!? すべてはダンジョン攻略が進まないせい…なら自分でボスを討伐すればいいじゃない!
[著] 香坂マト
[ill] がおう
電撃文庫

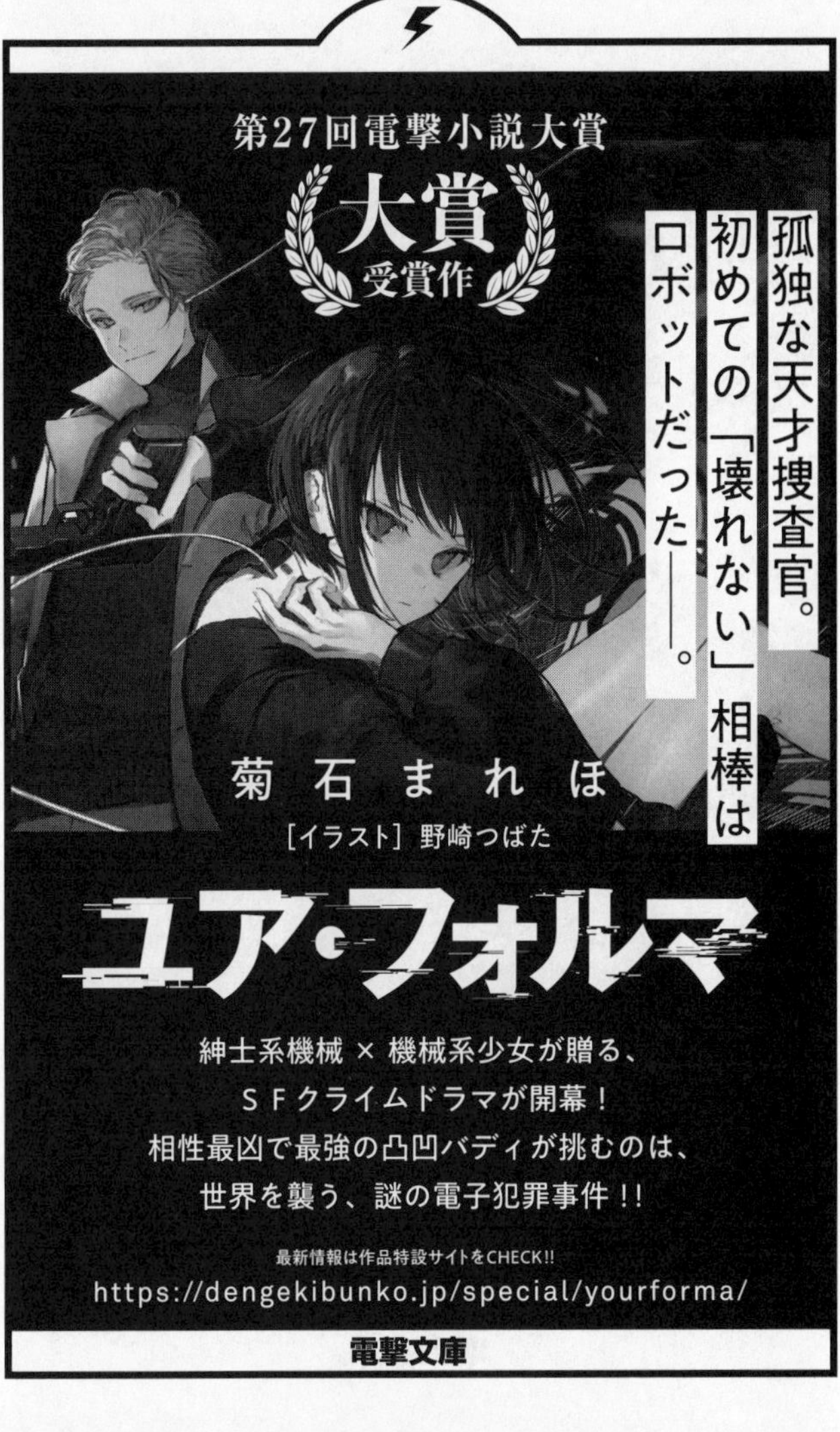
第27回電撃小説大賞
大賞
受賞作
孤独な天才捜査官。
初めての「壊れない」相棒は
ロボットだった――。
菊石まれほ
［イラスト］野崎つばた
ユア・フォルマ
紳士系機械 × 機械系少女が贈る、
ＳＦクライムドラマが開幕！
相性最凶で最強の凸凹バディが挑むのは、
世界を襲う、謎の電子犯罪事件！！
最新情報は作品特設サイトをCHECK!!
https://dengekibunko.jp/special/yourforma/
電撃文庫

春――。名門キンバリー魔法学校に、今年も新入生がやってくる。黒いローブを身に纏い、腰に白杖と杖剣を一振りずつ。胸には誇りと使命を秘めて。魔法使いの卵たちを迎えるのは、満開の桜と魔法生物のパレード。喧噪の中、周囲の新入生たちと交誼を結ぶオリバーは、一人に少女に目を留める。腰に日本刀を提げたサムライ少女、ナナオ。二人の、魔剣を巡る物語が、今始まる――。

電撃文庫

声優ラジオのウラオモテ
二月 公
イラスト／さばみぞれ
#01 夕陽とやすみは隠しきれない？
オモテは元気＆清楚なアイドル声優／
ウラはギャル＆根暗地味子な女子高生!?
プロ根性で世界をダマせ！
バレたらアウトの声優ラジオ
Now On Air!!
第26回
電撃小説大賞
大賞
受賞
電撃文庫

豚になった俺が、異世界で美少女といちゃラブ(!?)するファンタジー

逆井卓馬
Author: TAKUMA SAKAI

[イラスト] 遠坂あさぎ
illustrator: ASAGI TOHSAKA

豚のレバーは加熱しろ

Heat the pig liver

the story of a man turned into a pig.

純真な美少女にお世話される生活。う〜ん豚でいるのも悪くないな。だがどうやら彼女は常に命を狙われる危険な宿命を負っているらしい。

よろしい、魔法もスキルもないけれど、俺がジェスを救ってやる。運命を共にする俺たちのブヒブヒな大冒険が始まる！

電撃文庫

放送部の部長、花梨先輩は、上品で透明感ある美声の持ち主だ。美人な年上お姉様を想像させるその声は、日々の放送で校内の男子を虜にしている……が、唯一の放送部員である俺は知っている。本当の花梨先輩は小動物のようなかわいらしい見た目で、かつ、素の声は小さな鈴でも鳴らしたかのような、美少女ボイスであることを。

とある理由から花梨を「喜ばせ」たくて、一日三回褒めることをノルマに掲げる龍之介。一週間連続で達成できたらその時は先輩に──。ところが花梨は龍之介の「攻め」にも恥ずかしがらない、余裕のある大人な先輩になりたくて──。

電撃文庫

おもしろいこと、あなたから。

電撃大賞

自由奔放で刺激的。そんな作品を募集しています。受賞作品は「電撃文庫」「メディアワークス文庫」「電撃コミック各誌」等からデビュー！

上遠野浩平(ブギーポップは笑わない)、高橋弥七郎(灼眼のシャナ)、
成田良悟(デュラララ!!)、支倉凍砂(狼と香辛料)、
有川 浩(図書館戦争)、川原 礫(ソードアート・オンライン)、
和ヶ原聡司(はたらく魔王さま！)、安里アサト(86－エイティシックス－)、
佐野徹夜(君は月夜に光り輝く)、北川恵海(ちょっと今から仕事やめてくる)など、
常に時代の一線を疾るクリエイターを生み出してきた「電撃大賞」。
新時代を切り開く才能を毎年募集中!!!

電撃小説大賞・電撃イラスト大賞・電撃コミック大賞

賞(共通)
大賞……………正賞＋副賞300万円
金賞……………正賞＋副賞100万円
銀賞……………正賞＋副賞50万円

(小説賞のみ)
メディアワークス文庫賞
正賞＋副賞100万円

編集部から選評をお送りします！
小説部門、イラスト部門、コミック部門とも1次選考以上を通過した人全員に選評をお送りします!

各部門(小説、イラスト、コミック)郵送でもWEBでも受付中!

最新情報や詳細は電撃大賞公式ホームページをご覧ください。

http://dengekitaisho.jp/

主催:株式会社KADOKAWA

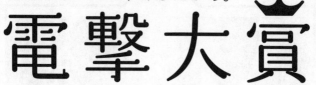